Leo Tolstoi

Unsere Armen und Elenden

Leo Tolstoi

Unsere Armen und Elenden

ISBN/EAN: 9783744614009

Hergestellt in Europa, USA, Kanada, Australien, Japan

Cover: Foto ©Andreas Hilbeck / pixelio.de

Weitere Bücher finden Sie auf **www.hansebooks.com**

Unsere
Armen und Elenden.

Von

Graf Leo Tolstoi.

Übersetzt aus dem Russischen

von

Dr. Hermann Roskoschny.

Dritte Auflage.

Leipzig.
Greßner & Schramm.

Erstes Kapitel.

Ich hatte mein ganzes Leben nicht in der Stadt verlebt. Als ich im Jahre 1881 nach Moskau übersiedelte, überraschte mich die städtische Armut. Ich kenne die Armut im Dorfe, aber die städtische war mir neu und unbegreiflich.

In Moskau kann man durch keine Gasse gehen, ohne Bettlern zu begegnen, und zwar eigentümlichen Bettlern, die denen im Dorfe nicht ähnlich sind.

Diese Bettler — sind nicht Bettler mit dem Bettelsack und Christi Namen, wie die Bettler auf dem Lande sich definieren, sondern es sind Bettler ohne Bettelsack und ohne Christi Namen.

Die Moskauer Bettler tragen keine Bettelsäcke und bitten nicht um Almosen.

Zum größten Teil bemühen sie sich bloß, indem sie Euch begegnen oder Euch an sich vorbeilassen, Euren Augen zu begegnen, und je nach Euren Augen bitten sie oder nicht.

Ich kenne einen solchen Bettler adeliger Abstammung. Der Alte schreitet langsam einher, indem er sich zu jedem

Fuß niederbückt. Wenn er Euch begegnet, beugt er sich zu einem Fuß nieder und macht Euch gewissermaßen eine Verbeugung. Wenn Ihr stehen bleibet, greift er nach der Mütze mit der Kokarde, verneigt sich und bittet; wenn Ihr nicht stehen bleibet, stellt er sich, als habe er bloß einen solchen Gang, und er schreitet an Euch vorbei weiter, indem er sich ebenso zu dem andern Fuß niederbückt.

Das ist ein echter Moskauer Bettler, ein gelernter.

Anfangs wußte ich nicht, warum die Moskauer Bettler nicht direkt bitten, aber nachher begriff ich, warum sie nicht bitten, doch bei alledem begriff ich ihre Lage nicht.

Als ich einst durch die Afanasjewgasse ging, be= merkte ich, wie ein Polizist einen von der Wassersucht aufgeschwollenen und zerlumpten Menschen auf eine Droschke lud.

Ich frug:

— Weshalb?

Der Polizist gab mir zur Antwort:

— Weil er um Almosen gebeten.

— Ist dies etwa verboten?

— So ist's! Verboten ist es, erwiderte der Polizist.

Der an der Wassersucht Leidende wurde in der Droschke fortgeführt.

Ich nahm eine zweite Droschke und fuhr ihnen nach.

Ich wollte erfahren, ob es wahr sei, daß es ver= boten ist, um ein Almosen zu bitten, und wie dies ver= boten sei.

Durchaus konnte ich nicht begreifen, wie es möglich ist, einem Menschen zu verbieten, einen andern um irgend etwas zu bitten, und außerdem erschien es mir unglaublich, daß es verboten sein sollte, um Almosen zu bitten, da doch Moskau voll Bettler war.

Ich trat in das Polizei=Kommissariat, in das man den Bettler gebracht hatte.

In dem Kommissariat saß hinter dem Tische ein Mann mit Säbel und Pistole.

Ich frug:

— Weshalb hat man diesen Menschen verhaftet?

Der Mann mit Säbel und Pistole sah mich streng an und sagte:

— Was geht Sie das an?

Doch da er die unumgängliche Notwendigkeit fühlte, mir irgend eine Aufklärung zu geben, fügte er hinzu:

— Die Obrigkeit befiehlt, solche Leute zu fassen, folglich ist es nötig.

Ich ging.

Ein Polizist, derselbe, der den Bettler hergebracht hatte, saß im Vorzimmer auf dem Fensterbrett und blickte traurig in ein Taschenbuch.

Ich frug ihn:

— Ist es denn wahr, daß man den Bettlern ver= bietet, in Christi Namen zu bitten?

Der Polizist wurde munter, sah mich an, dann runzelte er nicht etwa die Stirn, sondern schien wieder einzuschlafen und sagte, sich auf das Fensterbrett nieder= lassend:

— Die Obrigkeit befiehlt es, also muß es sein.

Und er wandte sich aufs neue seinem Buche zu.

Ich ging hinab auf die Außentreppe zum Iswoschtschik*).

---

*) Droschkenkutscher.

— Nun, wie steht's? Haben sie ihn eingesperrt? frug der Iswoschtschik.

Offenbar interessierte den Iswoschtschik der Fall ebenfalls.

— Sie haben ihn eingesperrt, erwiderte ich.

Der Iswoschtschik schüttelte den Kopf.

— Wieso ist es denn bei Euch in Moskau verboten, in Christi Namen zu bitten? frug ich.

— Wer weiß das! sagte der Iswoschtschik.

— Wie ist das? frug ich. Den Bettler führt man auf das Polizei-Kommissariat?

— Jetzt haben sie das schon abgestellt, sie erlauben es nicht, sagte der Iswoschtschik.

Nachher sah ich noch mehrmals, wie Polizisten Bettler nach dem Kommissariat und dann in das Arbeitshaus führten.

Einst begegnete ich in der Mjasnizkaja-Straße einer Schar solcher Bettler, etwa dreißig Mann. Vor ihnen und hinter ihnen gingen Polizisten.

Ich frug:

— Weshalb?

— Weil sie um Almosen gebeten!

Es stellte sich heraus, daß das Bitten um Almosen in Moskau gesetzlich verboten ist allen den Bettlern, von denen Du in Moskau in jeder Straße einigen begegnest und deren Reihen während des Gottesdienstes und namentlich während Begräbnissen bei jeder Kirche stehen.

Aber weshalb fängt man einige und sperrt sie irgendwo ein und läßt die anderen da?

Das vermochte ich nicht zu begreifen.

Oder giebt es unter ihnen gesetzliche und ungesetzliche

Bettler, oder sind ihrer so viele, daß es nicht möglich ist, alle einzufangen, oder faßt man die Einen ab und es finden sich aufs neue andere ein?

Bettler giebt es in Moskau eine Menge aller Art. Es giebt solche, die davon leben; es giebt auch wirkliche Bettler, solche, die irgendwie nach Moskau geraten sind und sich wirklich in Not befinden.

Unter diesen Bettlern sind häufig schlichte Bauern und Bauernweiber in Bauernkleidung. Ich begegnete oft solchen. Einige derselben waren hier erkrankt und kamen aus dem Krankenhause, und sie können sich weder ernähren, noch aus Moskau fortkommen. Einige von ihnen trieben sich außerdem auch herum (ein solcher war wahrscheinlich auch jener an der Wassersucht Leidende), einige waren nicht krank, sondern Abbrändler, oder alte Männer, alte Weiber mit Kindern. Einige waren auch vollkommen gesund, zur Arbeit tauglich.

Diese vollkommen gesunden Bauern, die um Almosen baten, interessierten mich besonders.

Diese gesunden, zur Arbeit tauglichen Bettler-Bauern interessierten mich auch deshalb, weil ich seit meiner An= kunft in Moskau der Bewegung wegen die Gewohnheit angenommen hatte, auf die Sperlingsberge mit zwei Bauern, welche dort Holz sägten, zur Arbeit zu gehen.

Diese zwei Bauern waren genau solche Bettler wie jene, denen ich in den Straßen begegnete.

Der eine war Peter, ein Soldat aus Kalúga, der andere Bauer, Sjemjón, war aus Wladímir.

Sie besaßen nichts außer den Kleidern am Leibe und ihren Händen.

Und mit diesen Händen verdienten sie sich bei sehr

schwerer Arbeit 40 bis 45 Kopeken täglich, wovon sie beide zurücklegten — der Kalugaer sparte zu einer Schuba*), und der Wladimirsche, um das Geld zur Fahrt in sein Dorf zusammen zu bringen.

Indem ich solchen Leuten auf den Straßen begegnete, interessierte ich mich besonders für sie.

Warum arbeiten diese und jene betteln?

Wenn ich einen solchen Bauer traf, frug ich ihn gewöhnlich, wie er in diese Lage kam?

Einst treffe ich einen Bauer mit graumeliertem Bart, der gesund ist.

Er bettelt; ich frage ihn nach dem wer und woher.

Er sagt, er sei aus Kaluga gekommen, um Arbeit zu suchen. Anfangs fanden sie Arbeit — altes Gerümpel zu Brennholz zu zersägen. Mit seinem Kameraden zersägte er alles bei einem Herrn; sie suchten andere Arbeit, fanden sie nicht, der Kamerad machte sich von ihm los, und da schlägt er sich nun so die zweite Woche herum, hat alles aufgezehrt was da war, hat keine Säge, nichts, um sich etwas zu kaufen.

Ich gebe ihm Geld zum Ankauf einer Säge und weise ihm den Ort, wohin er zur Arbeit kommen soll.

Im voraus hatte ich mich schon mit Peter und Ssemjon besprochen, daß sie einen Mitarbeiter aufnehmen und einen zweiten Mann zu ihm suchen sollten.

— Vergiß es also nicht! Komm'! Dort giebt es viel Arbeit.

Ich werde kommen … wie sollte ich nicht kommen! sagt er. Ich kann arbeiten.

---

*) Pelz.

Der Bauer beteuert, daß er kommen wird, und mir scheint es, daß er mich nicht betrügt und die Absicht hat, zu kommen.

Am andern Tage komme ich zu den mir bekannten Bauern.

Ich frage, ob der Bauer gekommen ist? — Er ist nicht gekommen.

Und so haben mich einige Menschen betrogen.

Es betrogen mich auch solche, welche sagten, daß sie bloß Geld zu einem Eisenbahnbillet brauchten, um nach Hause zu fahren, und nach einer Woche traf ich sie wieder auf der Straße.

Einige habe ich erkannt, und sie erkannten mich, und mitunter, wenn sie mich vergessen hatten, wiederholten sie denselben Schwindel, aber bisweilen rissen sie aus, sobald sie mich erblickten.

So erkannte ich, daß auch in dieser Kategorie viele Betrüger sind, aber auch diese Betrüger waren sehr beklagenswert.

Sie alle waren halbnackte, elende, mager, kränklich aussehende Leute. Es waren dieselben, welche wirklich erfrieren oder sich erhängen, wie wir es durch die Zeitungen erfahren.

Zweites Kapitel.

Als ich von dieser städtischen Armut mit den Städtern sprach, da sagten sie mir alleweil:

— O, das ist noch nichts . . . alles das, was Sie

gesehen haben! Gehen Sie auf den Chitrow Rynok*) und in die dortigen Nachtherbergen. Dort werden Sie die echte „goldene Kompanie" sehen.

Ein Spaßvogel sagte mir, daß das jetzt schon nicht mehr eine Kompanie, sondern ein goldenes Regiment sei: so viele waren ihrer geworden.

Der Spaßvogel hatte recht, doch er wäre noch wahrer gewesen, wenn er gesagt hätte, daß dieser Leute jetzt in Moskau nicht eine Kompanie und nicht ein Regiment, sondern, daß ihrer eine ganze Armee sei ... ich glaube gegen 50000.

Auch ich bekam Lust, all diese Armut zu sehen, von der man mir erzählte.

Mehrmals schlug ich die Richtung des Chitrow Rynok ein, doch jedesmal wurde mir schwer zu Mute und ich schämte mich.

— Weshalb werde ich die Leiden von Menschen be= trachten gehen, denen ich nicht helfen kann? sagte eine innere Stimme.

— Nein, wenn Du hier lebst und alle Reize des städtischen Lebens siehst, so geh, besichtige auch dieses, sagte eine andere Stimme.

Und da ging ich im Monat Dezember des dritten Jahres an einem frostigen und windigen Tag zu diesem Zentrum der städtischen Armut, auf den Chitrow Rynok.

Es war an einem Wochentag um vier Uhr.

Schon als ich über die Soljanka ging, begegnete ich mehr und mehr Leuten in seltsamer, ihnen nicht

---

*) Platz in Moskau, wo das Proletariat seinen Sitz hat; auch eine Art Arbeitsmarkt.

eigener Kleidung und in noch seltsamerer Fußbekleidung, Leuten mit einer eigentümlichen, ungesunden Gesichts= farbe und, was die Hauptsache war, mit einer eigen= tümlichen, ihnen allen gemeinsamen Nichtbeachtung alles dessen, was sie umgab.

In der seltsamsten, mit nichts zu vergleichenden Kleidung schritt der Mann vollkommen ungezwungen daher, offenbar ohne daran zu denken, wie er anderen Leuten erscheine.

Alle diese Leute bewegten sich in derselben Richtung.

Ohne nach dem Wege zu fragen, den ich nicht kannte, ging ich ihnen nach und gelangte auf den Chitrow Rynok.

Eben solche Frauenzimmer in zerlumpten Überröcken, Mänteln, Ärmelleibchen, Stiefeln und Galoschen, und ebenso ungezwungen, ohne auf die Mißgestalt ihrer Klei= dung zu achten, alte und junge, saßen auf dem Platze, boten etwas feil, gingen hin und her und schimpften einander.

Es war wenig Volk auf dem Platze. Offenbar ging die Mehrzahl der Leute um den Platz bergauf, und über den Platz, alle in derselben Richtung.

Ich ging ihnen nach.

Je weiter ich ging, desto mehr solcher Leute kamen auf demselben Wege zusammen.

Nachdem ich den Platz überschritten hatte und die Straße bergauf ging, holte ich zwei Frauenzimmer ein — das eine alt, das andere jung, beide in etwas Zer= lumptes und Graues gehüllt. Sie gingen und sprachen von irgend einer Angelegenheit.

Nach jedem nötigen Wort wurden ein oder zwei

unnötige, höchst unanständige Worte ausgesprochen. Sie waren nicht betrunken, etwas bekümmerte sie, und die ihnen entgegenkommenden und hinter ihnen und vor ihnen gehenden Männer schenkten diesen ihren Reden, die mir seltsam erschienen, gar keine Beachtung.

An diesen Orten sprachen offenbar alle so.

Zur Linken befanden sich private Nachtherbergen, und einige traten in diese ein, andere gingen weiter.

Auf der Höhe angelangt, gingen wir auf ein großes Eckhaus zu. Die Mehrzahl der Leute, die mit mir gingen, blieb bei diesem Hause stehen.

Längs des ganzen Trottoirs vor diesem Hause standen und saßen auf dem Pflaster und dem Schnee der Straße nur solche Leute, rechts von der Eingangsthür Frauen, links Männer.

Ich ging an den Frauen vorbei, ging an den Männern vorbei (es waren einige Hundert), und blieb am Ende ihrer langen Reihe stehen.

Das Haus, bei dem diese Leute warteten, war Ljapinskijs unentgeltliche Nachtherberge. Der Menschenhaufe bestand aus Leuten, die hier ihr Nachtlager hatten und auf Einlaß warteten.

Um 5 Uhr abends öffnet man die Thüren und läßt die Leute ein.

Hierher gingen fast alle die Leute, welche ich überholt hatte.

Ich blieb am Ende der langen Männerreihe stehen. Die mir Nächsten begannen mich anzusehen und zogen mich durch ihre Blicke an.

Die Kleiderreste, welche ihre Körper bedeckten, waren

sehr mannigfaltig, aber der Ausdruck aller auf mich ge=
richteten Blicke dieser Leute war vollständig derselbe.

In allen Blicken drückte sich die Frage aus: Wes=
halb bist Du — ein. Mensch aus einer andern Welt —
hier stehen geblieben? Wer bist Du? Ein Selbstgefälliger
oder ein Reicher, der sich an unserer Not erfreuen, seine
Langeweile vertreiben und uns noch ein wenig quälen
will, oder bist Du einer — was es nicht giebt und was
nicht sein kann — der uns bedauert?

Auf allen Gesichtern stand diese Frage. Er blickt
auf, begegnet dem Blick und wendet sich ab.

Ich hatte Lust, mit irgend einem zu sprechen, und
ich konnte mich lange nicht dazu entschließen, doch
während wir schwiegen, hatten unsere Blicke uns schon
einander genähert. Wie uns auch das Leben geschieden
hatte, nach zwei, drei Blicken fühlten wir, daß wir beide
Menschen seien. und hörten auf, uns einer vor dem
andern zu scheuen.

Am nächsten stand mir ein Bauer mit aufgedunsenem
Gesicht und rotem Bart, in durchgewetztem Kaftan und
auf den bloßen Fuß gezogenen Galoschen.

Und es waren acht Grad Kälte!

Zum dritten oder viertenmal kreuzten sich unsere
Blicke, und ich fühlte mich so zu ihm hingezogen, daß
ich mich schon nicht mehr schämte, ihn anzureden, son=
dern mich schämte, nicht irgend etwas zu sagen.

Ich frug, woher er sei. Er gab willig Antwort
und ließ sich in ein Gespräch ein; die anderen traten näher.

Er war aus Smolensk, war hergekommen, Arbeit
zu suchen, zum Lebensunterhalt und zur Bezahlung der
Steuern.

— Arbeit giebt es nicht, ſpricht er. Die Soldaten
haben jetzt alle Arbeit weggenommen. Da treibe ich
mich jetzt herum. Bei Gott, ich habe ſeit zwei Tagen
nichts gegeſſen, ſagte er zaghaft, indem er zu lächeln
verſuchte.

Da ſtand ein Theeverkäufer, ein alter Soldat. Ich
rief ihn heran. Er ſchenkte einen Sbiteñ*) ein.

Der Bauer nahm das heiße Glas in die Hand,
und bevor er trank, wärmte er an ihm die Hände, darauf
bedacht, die Wärme nicht ungenützt ſchwinden zu laſſen.

Während er ſich die Hände wärmte, erzählte er mir
ſeine Erlebniſſe.

Die Erlebniſſe oder die Erzählungen ſind ſtets ein
und dieſelben: es gab ſchlechte Arbeit, dann hörte ſie auf,
und hier in der Nachtherberge ſtahl man ihm den Geld=
beutel mit dem Aufenthaltsſchein. Jetzt kann er nicht
von Moskau fort.

Er erzählte, daß er tagsüber ſich in den Kabaks
wärme und ſich dadurch nähre, daß er die Sakuſki**)
aufeſſe. Bisweilen gebe man ſie ihm, bisweilen jage
man ihn hinaus; hier in Ljapinskis Hauſe übernachtet
er unentgeltlich. Er wartet bloß auf die polizeiliche
Viſitation, die ihn als Paßloſen ins Gefängnis ab=
führen und per Schub an ſeinen Wohnort be=
fördern wird.

---

*) Ein aus Waſſer, Honig und Lorbeerblättern beſtehendes
Getränk, welches den ärmeren Volksklaſſen den Thee erſetzt.

**) Zu jedem Glaſe Schnaps werden in Rußland „Sakuſki‟
gereicht, in feinen Gaſthäuſern Lachs, Käſe, Gurken u. ſ. w., in den
Kabaks winzig kleine, würfelförmig geſchnittene Brotſtücke.

— Es heißt, daß Donnerstag eine Visitation sein wird, sagte er, dann werden sie mich mitnehmen. Wenn ich mich nur bis Donnerstag durchschlage.

Gefängnis und Schub erscheinen ihm als das gelobte Land.

Während er erzählte, bestätigten drei Leute aus dem Haufen seine Worte und erklärten, daß sie sich genau in derselben Lage befänden.

Ein magerer, blasser junger Bursche, der den Oberkörper nur mit einem Hemd bedeckt hatte, das an den Schultern zerrissen war, und mit einer Mütze ohne Schirm, drängte sich seitwärts durch den Haufen zu mir durch. Er schüttelte sich unaufhörlich in starkem Schauer, bemühte sich aber, verächtlich über die Reden der Bauern zu lächeln, indem er dabei meinen Ton zu treffen meinte, und sah mich an. Ich bot auch ihm einen Sbiteñ an. Auch er wärmte, nachdem er das Glas in Empfang genommen, an ihm die Hände, aber kaum hatte er angefangen, etwas zu sprechen, so drängte ihn ein großer, schwarzer, buckliger Mann in Kattunhemd und Weste, ohne Mütze, beiseite. Der Bucklige bat ebenfalls um einen Sbiteñ. Dann ein langer Alter mit einem Spitzbart, in einem mit einem Strick gegürteten Paletot und Bastschuhen, betrunken. Dann ein kleiner mit aufgedunsenem Gesicht und thränenden Augen, in einer zimmetbraunen Nankingjacke und mit durch die Löcher in den Sommerhosen hervorbringenden bloßen Knieen, die vor Frostschauer an einander schlugen. Er konnte vor Zittern das Glas nicht erhalten und begoß sich damit. Die anderen begannen auf ihn zu schimpfen. Er lächelte bloß kläglich und zitterte. Dann eine krumme

Mißgeburt in Lumpen, die Schuhe auf den nackten Füßen;
dann etwas Offizierartiges, dann etwas von geistlichem
Beruf, dann etwas Seltsames, Nasenloses — dies alles
drängte sich hungrig und frierend um mich herum und
drängte sich zum Sbiteñ.

Sie tranken den Sbiteñ aus. Einer bat um Geld;
ich gab es ihm. Es bat ein zweiter, ein dritter, und
der Haufe belagerte mich. Es entstand Verwirrung,
Gedränge.

Der Hausmann des benachbarten Hauses schrie den
Haufen an, daß sie das Trottoir vor seinem Hause frei-
geben sollten, und der Haufe erfüllte gehorsam den Be-
fehl. Es tauchten Ordner in dem Haufen auf und nahmen
mich unter ihre Obhut . . . sie wollten mich aus dem
Gedränge hinausführen, aber der Haufe, der früher über
das ganze Trottoir ausgebreitet gewesen, war jetzt völlig
in Verwirrung geraten und drängte sich an mich heran.
Alle sahen mich an und bettelten; und ein Gesicht war
trauriger, abgehärmter und erniedrigter als das andere.

Ich verteilte alles was ich bei mir hatte. Ich hatte
nicht viel Geld bei mir, beiläufig zwanzig Rubel, und
ich trat zugleich mit der Menge in das Nachtasyl.

Das Nachtasyl ist ein ungeheures Gebäude. Es
besteht aus vier Abteilungen. In den oberen Stock-
werken sind die Abteilungen für die Männer, im untern
jene für die Frauen. Ich trat zuerst in die Frauen-
abteilung; ein großes Zimmer war ganz von Bänken
eingenommen, welche den Bänken der dritten Klasse der
Eisenbahnen glichen. Die Bänke waren in zwei Stock-
werken angebracht — oben und unten. Die Frauen,
seltsame, zerlumpte Gestalten, leicht gekleidet, alte und

junge, traten ein und nahmen die Plätze ein, einige unten, andere oben. Einige alte bekreuzten sich und gedachten desjenigen, der dieses Asyl errichtet hat, einige lachten und schimpften.

Ich ging hindurch nach oben. Dort suchten sich ebenfalls Männer Plätze; unter ihnen gewahrte ich einen der Männer, denen ich Geld gegeben hatte . . .

. . . .

Drittes Kapitel.

Als ich an diesem Abend aus Ljapinskis Hause zurückkam, teilte ich meine Eindrücke einem Freunde mit.

Mein Freund — ein Städter — begann mir auseinanderzusetzen, daß dies eine städtische Erscheinung sei, daß ich bloß von meinem Provinzstandpunkte aus darin etwas Besonderes sehe, daß dies immer so war und sein werde, daß es so sein müsse und eine unvermeidliche Bedingung der Zivilisation sei.

In London sei es noch schlimmer . . . Das ist also nichts schlechtes, und unzufrieden kann man damit nicht sein.

Ich begann meinem Freund zu erwidern, aber mit solcher Hitze und mit solchem Ärger, daß die Frau aus der andern Stube herbeigelaufen kam, fragend, was vorgefallen sei.

Es stellte sich heraus, daß ich, ohne es selbst zu

merken, mit von Thränen erstickter Stimme schrie und
mit den Händen gegen meinen Freund fuchtelte.

Ich schrie:

— So kann man nicht leben, man kann so nicht
leben, es geht nicht!

Man beschämte mich für meine unnütze Hitze, man
sagte mir, daß ich über gar nichts ruhig sprechen könne,
daß ich mich auf unangenehme Weise aufrege, und was
die Hauptsache war, man wies mir nach, daß die Existenz
solcher Unglücklichen niemals die Veranlassung sein könne,
das Leben seiner Nächsten zu vergiften.

Ich mußte zugestehen, daß dies richtig sei, und
schwieg, aber in tiefster Seele fühlte ich, daß auch ich
im Rechte sei, und ich vermochte mich nicht zu beruhigen.

Und das mir schon früher fremde und seltsame
städtische Leben wurde mir so zuwider, daß all die Freuden
üppigen Lebens, die mir früher als Freuden erschienen,
für mich zu einer Qual wurden.

Und da ich mich nicht bemühte, in meiner Seele
irgend welche Rechtfertigung unseres Lebens zu finden,
vermochte ich nicht ohne Erregung weder meine eigene,
noch eine fremde Gaststube zu sehen, noch einen sauber,
auf herrschaftliche Art gedeckten Tisch, noch eine Equipage,
einen Kutscher und Pferde, noch Magazine, Theater,
Gesellschaften.

Ich vermochte nicht, in einer Reihe damit die
hungernden, frierenden, herabgekommenen Bewohner des
Hauses Ljapinskis zu sehen, und vermochte mich nicht
von dem Gedanken zu trennen, daß diese beiden Dinge
verbunden seien, daß eines aus dem andern hervorgehe.

Ich erinnere mich, daß dieses Bewußtsein meiner

Schuld so in mir blieb, wie es mir im ersten Augen-
blicke erschien, doch mit diesem Gefühl vermengte sich
rasch ein anderes und unterdrückte es.

Als ich über meine Eindrücke in Ljapinskis Hause
mit meinen nahen Freunden und Bekannten sprach, erwiderten mir alle dasselbe wie mein erster Freund, bei
dem ich zu schreien begann, aber außerdem verliehen sie
noch der Billigung meiner Güte und Empfindsamkeit Ausdruck und gaben mir zu verstehen, daß das Schauspiel
nur deshalb einen so besondern Eindruck auf mich her-
vorgebracht habe, weil ich, Leo Nikolajewitsch, sehr gut
und brav sei, und ich glaubte dies willig, und ich kam
nicht dazu, mich selbst zu prüfen, wie anstatt des Vor-
wurfes und der Reue, die ich anfangs empfand, in mir
bereits ein Gefühl von Zufriedenheit mit meiner Wohlthätigkeit und der Wunsch, sie den Leuten mitzuteilen,
vorhanden war.

Jedenfalls, sprach ich zu mir, bin hier in der That
nicht ich wegen meines üppigen Lebens schuld, sondern
die unvermeidlichen Lebensbedingungen sind schuld. Eine
Änderung meines Lebens kann ja das Übel nicht gut
machen, das ich gesehen habe. Indem ich mein Leben
änderte, würde ich bloß mich selbst und die mir Nahe-
stehenden unglücklich machen, und jenes Unglück würde
dasselbe bleiben.

Darum liegt meine Aufgabe nicht in der Änderung
meines Lebens, wie es mir anfangs schien, sondern darin,
daß ich, soweit es in meiner Macht steht, mitwirke an
der Verbesserung der Lage dieser Unglücklichen, welche
mein Mitleid erregt hatten.

Es handelt sich nur darum, daß ich ein sehr guter,

2*

braver Mensch bin und meinen Nächsten nur Gutes zu erweisen wünsche.

Und ich begann über einen Plan milbthätiger Wirk=samkeit nachzusinnen, in der ich all meine Wohlthätigkeit erweisen könnte.

Ich muß übrigens gestehen, daß ich, während ich über diese milbthätige Wirksamkeit nachsann, die ganze Zeit hindurch in tiefster Seele fühlte, daß dies nicht das Rechte sei, doch wie es häufig zu geschehen pflegt, die Thätigkeit des Verstandes und der Einbildung übertäubte in mir diese Stimme des Gewissens.

Um diese Zeit fand eine Volkszählung statt. Dies erschien mir als ein Mittel zur Veranstaltung jenes Wohlthuns, durch das ich meine Wohlthätigkeit erweisen wollte. Ich kannte viele milbthätige Anstalten und Gesellschaften, die in Moskau wirkten, aber ihre ganze Thätigkeit erschien mir falsch angelegt und nicht im Ver=gleich mit dem, was ich thun wollte. Und ich dachte mir folgendes aus: bei den reichen Leuten Mitleid mit der städtischen Armut zu erwecken, Geld zu sammeln, Leute zusammen zu bringen, welche an diesem Werke sich beteiligen wollten, und, zugleich mit der Volkszählung, alle Zufluchtsorte der Armut zu durchwandern und außer der Arbeit der Volkszählung in Verkehr mit den Un=glücklichen zu treten, ihre Not näher kennen zu lernen und ihnen zu helfen durch Geld, durch Arbeit, durch Fortsendung von Moskau, durch Unterbringung ihrer Kinder in Schulen, der Greise und Greisinnen in Asylen und Armenhäusern.

Es gehört nicht viel dazu, dachte ich, daß sich aus den Leuten, welche sich der Sache annehmen werden,

eine ständige Gesellschaft bildet, welche, die Stadtbezirke
Moskaus unter sich teilend, darauf sehen wird, daß solche
Dürftigkeit und Armut nicht aufkomme; sie wird sie fort=
während, im Beginn ihres Entstehens, unterdrücken; sie
wird nicht so sehr die Obliegenheit der Heilung, als eine
Hygieine der Armut ausüben.

Ich malte mir bereits aus, daß es, von Bettlern
gar nicht zu reden, schlechtweg Notleidende in der Stadt
gar nicht mehr geben werde, und daß alles dies ich zu=
stande bringen werde, und daß wir alle, wir Reichen,
dann ruhig in unserem Gastzimmer sitzen und unser
Mittagsessen von fünf Gängen verspeisen und in Kutschen
ins Theater und in Gesellschaften fahren werden, ohne
mehr durch solche Szenen erregt zu werden, wie ich sie
im Hause Ljapinskis gesehen hatte.

Nachdem ich mir diesen Plan entworfen, schrieb ich
einen Artikel darüber, und noch bevor ich diesen in die
Presse gab, ging ich zu den Bekannten, bei denen ich
Unterstützung zu finden hoffte.

Allen, die ich an diesem Tage sah (ich wandte mich
besonders an die Reichen), sagte ich dasselbe, was ich
nachher in dem Artikel niederschrieb. Ich schlug vor, die
Volkszählung zu benutzen, um die Armut in Moskau
kennen zu lernen und ihr dann durch die That und
durch Geld zu helfen, und es so einzurichten, daß es in
Moskau keine Armen gebe und wir Reichen mit ruhigem
Gewissen die gewohnten Lebensgüter genießen könnten.

Alle hörten mich aufmerksam und ernst an, aber
dabei ging mit allen ohne Ausnahme dasselbe vor:
sowie die Zuhörer begriffen, um was es sich handelte,

wurde ihnen gewiſſermaßen unbehaglich und ſie fühlten
ſich ein wenig geniert.

Sie ſchämten ſich gewiſſermaßen, und hauptſächlich
für mich, weil ich dummes Zeug redete, doch ſolches
dummes Zeug, von dem man durchaus nicht gerade
ſagen kann, daß es dummes Zeug iſt.

Es war, als ob irgend eine äußere Urſache meine
Zuhörer verpflichtete, über dieſe meine Dummheit hin-
weg zu ſehen.

— Ach ja . . . Das verſteht ſich . . . Das wäre
ſehr gut, ſagten ſie. Es verſteht ſich von ſelbſt, daß
man nicht umhin kann, dem Sympathie entgegen zu
bringen . . . Ja, Ihr Gedanke iſt ſehr ſchön. Ich
habe ſelbſt daran gedacht, aber . . . bei uns iſt man
allgemein ſo gleichgiltig, daß man kaum auf einen
großen Erfolg zählen kann. Übrigens bin ich meiner-
ſeits ſelbſtverſtändlich bereit, mitzuwirken.

Ähnliches ſagten mir alle. Alle ſtimmten bei, doch
ſie ſtimmten, wie mir ſchien, nicht infolge meiner Über-
redung und nicht infolge ihres Verlangens, ſondern infolge einer äußerlichen Urſache bei, welche ihnen nicht
erlaubte, nicht beizuſtimmen.

Ich merkte dies ſchon daran, daß nicht einer von
denen, die mir ihre Beteiligung mit Geld zuſagten, daß
nicht einer ſelbſt die Summe beſtimmte, welche er zu
geben beabſichtigte, ſo daß ich gezwungen war, ſie ſelbſt
zu beſtimmen und zu fragen: „So kann ich auf Sie bis
300 oder 200 oder 100 oder 25 Rubel zählen?“ und nicht
ein einziger gab Geld.

Ich bemerke dies deshalb, weil, wenn die Leute
Geld für das geben, was ſie ſelbſt wünſchen, ſie ſich

gewöhnlich beeilen, das Geld zu geben. Für eine Loge
der Sarah Bernhardt geben sie sofort das Geld in die
Hand, um das Geschäft fest zu machen. Hier aber machte
nicht einer von denen, welche sich bereit erklärten, Geld
zu geben, und die ihre Übereinstimmung ausdrückten, den
Vorschlag, sofort Geld zu geben, sondern stimmte bloß
schweigend der Summe bei, welche ich festsetzte.

In dem letzten Hause, in dem ich am Abend dieses
Tages war, traf ich zufällig eine große Gesellschaft.

Die Hausfrau widmet sich schon seit einigen Jahren
der Wohlthätigkeit. Bei der Anfahrt standen mehrere
Wagen, im Vorzimmer saßen einige Lakaien in teuren
Livréen. Im großen Empfangszimmer saßen hinter zwei
Tischen und Lampen Damen und Mädchen, bekleidet mit
teurem Putz und mit teurem Schmuck, und zogen Puppen
an; einige junge Männer umgaben die Damen. Die
Puppen, welche diese Damen verfertigt hatten, sollten in
einer Lotterie zum Besten der Armen ausgespielt werden.

Der Anblick dieses Empfangszimmers und der in
ihm versammelten Leute berührte mich sehr unangenehm.

Abgesehen davon, daß das Vermögen der hier ver=
sammelten Leute mehrere Millionen betrug, abgesehen
davon, daß die Zinsen des alleinigen Kapitals, welches
hier für Kleider, Spitzen, Bronzen, Broschen, Wagen,
Pferde, Livréen, Lakaien ausgegeben war, hundert mal
mehr wert waren als das, was diese Damen fertig
bringen werden — abgesehen davon kamen die Ausgaben
für die Herfahrt aller dieser Damen und Herren und
für Handschuhe, Wäsche, die Fahrt, die Kerzen, den
Thee, den Zucker, den Braten — der Hausfrau hundert mal
höher zu stehen, als die hier vollbrachte Arbeit wert war.

Ich sah dies alles und konnte darnach erkennen,
daß ich hier wohl keine Sympathie für meine Angelegen=
heit finden werde, doch ich war hergekommen, um meinen
Vorschlag zu unterbreiten, und obwohl es mir schwer
fiel, so sagte.ich doch, was ich wollte (ich sagte fast alles,
was ich in meinem Artikel geschrieben hatte).

Von den hier anwesenden Leuten bot mir eine Per=
son Geld an, indem sie sagte, daß sie wegen ihrer Em=
pfindsamkeit sich nicht imstande fühle, selbst zu den Armen
zu gehen, aber Geld gebe sie; wie viel Geld, und wann
sie es mir zustellen werde, das sagte sie nicht.

Eine zweite Person und ein junger Mann boten
mir ihre Dienste zu Besuchen bei den Armen an, doch
ich machte von ihrem Anerbieten keinen Gebrauch.

Die Hauptperson, an die ich mich wandte, sagte mir,
daß man nicht viel werde ausrichten können, weil die
Mittel gering seien.

Die Mittel seien deshalb gering, weil alle reichen
Leute Moskaus bereits herangezogen und von allen was
nur möglich erbeten sei, daß schon alle diese Wohlthäter
Würden, Medaillen und andere Auszeichnungen erhalten
hätten, daß man, um einen pekuniären Erfolg zu sichern,
von der Regierung einige neue Ehrenstellen erbitten
müsse, und daß dies das einzige wirksame Mittel, doch
daß dies sehr schwierig sei.

An diesem Tag nach Hause zurückgekehrt, ging ich
nicht bloß mit der Ahnung zu Bett, daß aus meinem
Plan nichts werden wird, sondern mit Scham und der
Erkenntnis, daß ich diesen ganzen Tag etwas sehr ekel=
haftes und schimpfliches gethan hatte, doch ich gab die
Sache nicht auf.

Erstens war das Werk begonnen, und falsche Scham hätte mich abgehalten, es aufzugeben; zweites bot mir nicht nur der Erfolg dieses Unternehmens, sondern schon die bloße Beschäftigung mit demselben die Möglichkeit, unter denselben Lebensbedingungen weiter zu leben, unter denen ich lebte, der Mißerfolg aber stellte mich vor die Notwendigkeit, meiner Lebensweise zu entsagen und eine neue Lebensbahn zu suchen, und davor empfand ich eine unbewußte Scheu.

Und ich glaubte der innern Stimme und setzte das Begonnene fort.

Nachdem ich meinen Artikel in Druck gegeben, las ich ihn in der Ratsversammlung nach dem Korrektur- bogen vor. Ich las ihn vor, errötend und stotternd: so unbehaglich war mir zu Mute.

Ebenso unbehaglich fühlten sich, wie ich sah, alle Zuhörer.

Auf meine Frage nach beendigter Vorlesung, ob die Leiter der Volkszählung meinen Vorschlag annehmen, auf ihrem Platze zu bleiben, um Vermittler zwischen der Gesellschaft und den Notleidenden zu sein, folgte un- beholfenes Schweigen.

Dann hielten zwei Herren Reden.

Diese Reden schienen die Ungeschicklichkeit meines Vorschlages verbessern zu wollen; man drückte mir seine Zustimmung aus, wies aber auf das Unpassende meines von allen gut geheißenen Gedankens hin.

Allen wurde leichter.

Als ich aber dann trotz alledem, beseelt von dem Wunsche, mein Ziel zu erreichen, die Leiter einzeln fragte, ob sie einverstanden seien, bei der Volkszählung die Not-

lage der Armen zu erforschen und auf ihren Plätzen zu
bleiben, um als Vermittler zwischen den Armen und
Reichen zu dienen, da wurde ihnen allen wieder unbehaglich.

Ihre Blicke schienen mir zu sagen: Wir haben ja
aus Achtung vor Dir Deine Dummheit verwischt, und
Du kommst wieder mit ihr gekrochen!

Derart war der Ausdruck aller ihrer Gesichter, doch
in Worten sagten sie mir, daß sie zustimmten, und zwei
von ihnen, jeder einzeln, sagten, gleich als ob sie sich
verabredet hätten, mit denselben Worten:

— Wir fühlen uns moralisch verpflichtet, dies zu
thun.

Denselben Eindruck brachte meine Mitteilung auf
die studentischen Gehilfen bei der Volkszählung hervor,
als ich zu ihnen davon sprach, daß wir während der
Volkszählung außer dem Ziel derselben noch das Ziel
der Wohlthätigkeit verfolgen werden.

Als wir darüber sprachen, bemerkte ich, daß sie sich
gewissermaßen scheuten, mir in die Augen zu sehen, sowie
man sich scheut, einem guten Menschen in die Augen zu
sehen, welcher dummes Zeug spricht.

Den gleichen Eindruck brachte mein Artikel auf den
Redakteur der Zeitung hervor, als ich ihm denselben
übergab, auf meinen Sohn, auf meine Frau, auf die
verschiedensten Personen.

Allen wurde aus irgend einem Grunde unbehaglich,
doch alle hielten es für unvermeidlich, den Gedanken selbst
gut zu heißen, und alle begannen sofort nach der Gut-
heißung ihre Bedenken inbezug auf den Erfolg zu äußern,
und begannen aus irgend einem Grunde (aber alle ohne
Ausnahme) die Gleichgiltigkeit und Kälte der Gesellschaft

und aller Menschen — offenbar sie ausgenommen — zu bekritteln.

In innerster Seele fuhr ich fort zu fühlen, daß dies alles nicht das Rechte sei, daß dabei nichts herauskommen werde, doch der Artikel war gedruckt, und ich begann meine Thätigkeit bei der Volkszählung.

Auf meine Bitte hatte man mir zur Volkszählung ein Revier der Chamownitscheskaja Tschast*) angewiesen, beim Ssmolenskij Rynok, im Prototschnij Pereúlok**) zwischen der Beregowschen Durchfahrt und dem Nikolskij Pereúlok.

In diesem Revier befinden sich Häuser, welche all= gemein Rshanows Haus oder Rshanows Festung ge= nannt werden. Diese Häuser gehörten einst dem Kauf= mann Rshanow, jetzt aber gehören sie Siminin.

Ich hatte schon längst von diesem Orte gehört, als von einem Zufluchtsort der schrecklichsten Armut und Sittenverderbnis, und darum bat ich die Ordner der Volkszählung, mich für dieses Revier zu bestimmen.

Mein Wunsch wurde erfüllt.

Nachdem ich die Anordnung der Ratsversammlung erhalten hatte, machte ich einige Tage vor der Volks= zählung einen Rundgang durch mein Revier.

Nach dem Plan, den man mir gegeben, fand ich sofort Rshanows Festung.

Ich kam vom Nikolskij Pereúlok her. Der Nikolskij Pereúlok endigt an der linken Seite mit einem düstern Hause, welches nach dieser Seite kein Thor hat. Nach

---

*) Stadtteil.

**) Pereúlok = Nebengasse.

dem Aussehen dieses Hauses erriet ich, daß dies Rshanows Festung sei.

Als ich die Nikolskaja-Gasse hinabging, kam ich an zehn- bis vierzehnjährigen Jungen in kurzen Jacken vorbei, welche teils auf den Füßen, teils auf einem Schlittschuh auf der gefrorenen Pflasterrinne längs dieses Hauses dahinglitten.

Die Jungen waren zerlumpt und, wie alle städtischen Jungen, gewandt und keck.

Ich blieb stehen, um ihnen zuzusehen.

Um die Ecke herum kam eine zerlumpte alte Frau mit gelben, eingefallenen Wangen.

Sie ging aufwärts zum Ssmolenskij Rynok und schnaubte schrecklich bei jedem Schritt, wie ein abgetriebenes Pferd.

Als sie mit mir zusammentraf, blieb sie stehen und holte röchelnd Atem.

An jedem andern Orte hätte diese Alte mich um Geld gebeten, aber hier sprach sie mich bloß an.

— Da! sagte sie, auf die glitschenden Jungen zeigend. Nichts als Unfug treiben! Es werden ebensolche Un- holde werden wie ihre Väter!

Einer der Jungen in einem Überrock und mit einer schirmlosen Mütze hatte ihre Worte gehört und blieb stehen.

— Was schimpfst Du? schrie er die Alte an. Du bist selbst eine unholde Schlange!

Ich frug den Jungen:

— Ihr wohnet hier?

— Ja, und sie auch . . . Sie hat Stiefelschäfte geftohlen! ſchrie der Junge, und den Fuß vorwärts hebend, glitt er weiter.

Die Alte brach in unanſtändiges, gemeines Schimpfen aus, das durch Huſten unterbrochen wurde.

In dieſem Augenblick ging in der Mitte der Straße bergab, mit den Händen fuchtelnd, ein ganz in Lumpen gehüllter Greis, weiß wie der Mond; in einer Hand hatte er ein Bündel mit einem kleinen Kalatſch*) und Kringeln.

Der Greis ſah aus wie ein Menſch, der ſich eben durch Branntwein geſtärkt hat.

Er hatte offenbar den Streit der Alten gehört und ergriff ihre Partei.

— Ich will Euch, Ihr Teufelsjungen! Uh! ſchrie er die Kinder an, indem er ſcheinbar auf ſie losging und, um mich herumbiegend, auf das Trottoir trat.

Auf der Arbatskaja**) fällt dieſer Greis durch ſein Alter, ſeine Schwäche und Armut auf. Hier war er ein fröhlicher Arbeiter, der von ſeinem Tagewerk heimging.

Ich folgte dem Greis.

Er bog um die Ecke links in den Prototſchnij Pereúlok ein, und nachdem er an dem ganzen Haus und dem Thor vorbeigegangen, verſchwand er in der Thür eines Traktirs***).

In den Prototſchnij Pereúlok münden zwei Thore und einige Thüren: die Thüren eines Traktirs, eines Kabaks†) und einiger Lebensmittel-, ſowie anderer Läden.

---

*) Ein ſemmelartiges Gebäck.
**) Vornehme Straße in Moskau.
***) Gaſthaus, Schenke.
†) Gaſthaus der niedrigſten Art: Branntweinſchenke.

Das ist Räshanows Festung.

Alles war hier grau, schmutzig, übelriechend — sowohl das Gebäude als die Wohnungen, die Höfe und die Leute.

Die Mehrzahl der Leute, denen ich hier begegnete, war zerlumpt und halbnackt. Die Einen gingen vorüber, Andere liefen aus einer Thür in die andere. Zwei feilschten um irgend einen Lumpen.

Ich umging das ganze Haus vom Prototschnij Pereúlok und dem Beregowschen Durchgang und blieb, zurückgekehrt, beim Thor eines der Häuser stehen.

Ich hatte Lust hineinzugehen und nachzusehen, was im Innern vorgehe, doch das war schwer. Was werde ich sagen, wenn man mich frägt, was ich will?

Nach einigem Schwanken trat ich ein.

Kaum hatte ich den Hof betreten, so empfand ich einen widerwärtigen Geruch.

Der Hof war entsetzlich schmutzig.

Ich bog um die Ecke, und in demselben Augenblick hörte ich links über mir auf der hölzernen Galerie das Geräusch der Schritte laufender Leute, anfangs auf den Brettern der Galerie und dann auf den Stufen der Treppe.

Zuerst lief ein mageres Frauenzimmer mit zurückgestreiften Ärmeln, in einem verschossenen rosafarbenen Kleid und mit Halbstiefeln an den bloßen Füßen heraus. Hinter ihr kam ein zerraufter Mann herausgelaufen, in rotem Hemd und sehr weiten, einem Frauenrock ähnlichen Unterhosen und Galoschen.

Am Fuße der Treppe erwischte der Mann das Frauenzimmer.

— Da, Du schielender Teufel! begann die Frau,
sichtlich geschmeichelt durch diese Verfolgung . . . Doch
sie wurde mich gewahr und rief ärgerlich:

— Wen suchen Sie?

Da ich niemanden suchte, wurde ich verwirrt und ging.

Wunderbares war hier nichts vorhanden, doch dieser
Vorfall zeigte mir nach dem, was ich von dieser Seite
des Hofes gesehen — die schimpfende Alte, den lustigen
Greis und die glitschenden Jungen — das von mir ge=
plante Unternehmen von einer völlig neuen Seite.

Ich begriff nun zum erstenmal, daß es für alle
diese Leute, denen ich Gutes erweisen wollte, außer der
Zeit, während welcher sie frierend und hungernd auf
Einlaß ins Haus warten, noch eine Zeit giebt, die sie
zu irgend etwas benutzen, daß es noch täglich vierund=
zwanzig Stunden, daß es noch ein ganzes Leben giebt,
an das ich früher nicht gedacht hatte. Ich begriff hier
zum erstenmal, daß alle diese Leute außer dem Wunsche,
sich gegen die Kälte zu schützen und ihren Hunger zu
stillen, noch auf irgend eine Weise während der vierund=
zwanzig Stunden täglich leben müssen, welche sie wie
alle anderen zu verleben haben. Ich begriff, daß diese
Leute sich auch ärgern, auch langweilen, auch sich grämen
und auch lustig sein müssen.

So seltsam es klingen mag, so begriff ich doch zum
erstenmal, daß das von mir geplante Unternehmen nicht
bloß darin bestehen könne, tausend Menschen zu sättigen
und zu kleiden, so wie wir tausend Schafe abfüttern und
unters Dach treiben, sondern daß es darin bestehen
müsse, diesen Leuten Gutes zu erweisen.

Und nachdem ich zu der Einsicht gelangt war, daß

jeder von diesen tausend Leuten ein genau solcher Mensch sei wie ich, mit einer ebensolchen Vergangenheit, mit denselben Leidenschaften, Verführungen, Verirrungen, mit denselben Gedanken, denselben Fragen, ein ebensolcher Mensch wie ich — da erschien mir plötzlich das von mir geplante Unternehmen so schwierig, daß ich mir meiner Ohnmacht bewußt wurde, doch das Unternehmen war begonnen, und ich setzte es fort.

Viertes Kapitel.

An dem ersten festgesetzten Tage gingen die bei der Volkszählung thätigen Studenten am Morgen aus, und ich, der Wohlthäter, kam um zwölf Uhr zu ihnen.

Ich konnte nicht früher kommen, weil ich um zehn Uhr aufstand, dann Kaffee trank und rauchte, die Verdauung abwartend.

Um zwölf Uhr kam ich zum Thor von Rshanows Haus.

Ein Polizist wies mir das Traktir beim Beregowschen Durchgang, in welches die Volkszähler jeden, der nach ihnen fragen würde, kommen hießen.

Ich trat in das Traktir.

Das Traktir war sehr dunkel, übelriechend und schmutzig: geradeaus der Schenktisch, links eine kleine Stube mit Tischen, bedeckt mit schmutzigen Tischtüchern, rechts eine große Stube mit Säulen und ebensolchen Tischen bei den Fenstern und längs der Wände.

Hier und da saßen an den Tischen beim Thee Männer, zerlumpte und anständig gekleidete, wie Arbeiter oder kleine Kaufleute, und Frauenzimmer.

Der Traktir war sehr schmutzig, doch es war sofort zu erkennen, daß er gute Geschäfte mache — an dem geschäftigen Gesichtsausdruck des Aufsehers hinter dem Schenktisch und der flinken Dienstfertigkeit der Kellner.

Kaum war ich eingetreten, so schickte sich schon ein Kellner an, mir den Paletot abzunehmen und mir zu reichen, was ich bestellen werde.

Es war ersichtlich, daß hier rasche und präzise Arbeit Regel war.

Ich frug nach den Volkszählern.

— Wanja! rief ein kleiner, nach deutscher Weise gekleideter Mann, der etwas in dem Schranke hinter dem Schenktisch zurecht stellte.

Das war der Wirt des Traktirs, der Kalugaer Bauer Iwan Fedotytsch, der auch die Hälfte der Wohnungen in den Siminschen Häusern gemietet hatte und sie an ihre Bewohner abvermietete.

Ein Kellner, ein achtzehnjähriger, magerer, buckeliger Junge mit gelber Gesichtsfarbe, kam herbeigelaufen.

— Führe den Herrn zu den Volkszählern! Sie sind ins große Gebäude über dem Brunnen gegangen.

Der Junge warf die Serviette fort und zog rasch einen Überrock über sein weißes Hemd und die weißen Beinkleider an, setzte eine große Mütze mit Schirm auf und führte mich durch die mit einem Block versehene Hinterthür.

In der schmierigen, mit üblen Gerüchen erfüllten Küche und dem Vorhaus trafen wir eine Alte, welche

ſorgfältig in einem Lappen ſtark ſtinkende Eingeweide
irgend wohin trug.

Aus dem Vorhauſe gelangten wir in den abſchüſſigen
Hof, der ganz durch hölzerne, auf niedrigem ſteinernem
Unterbau errichtete Bauten verſtellt war.

Der Geſtank war auf dieſem Hofe ſehr ſtark.

Das Zentrum des Geſtanks war der Abort, um
den ſich ſtets, ſo oft ich an ihm vorbeiging, Leute
drängten. Der Abort diente nicht ſelbſt als Ort der
Notdurft, ſondern bloß zur Bezeichnung der Stelle, um
welche herum es üblich geworden, ſeine Notdurft zu ver=
richten. Wenn man über den Hof ging, war es un=
möglich, dieſen Ort nicht zu bemerken. Ich fühlte mich
ſtets bedrückt, wenn ich in die beißende Atmoſphäre ge=
langte, die ſich von dieſem üblen Geruch abſonderte.

Der Junge führte mich, ſeine weißen Beinkleider
gut in acht nehmend, vorſichtig (an dieſem Ort vorbei)
über gefrorenen und nicht gefrorenen Unrat und ſchritt
auf eines der Gebäude zu.

Die Leute, die über den Hof und über die Galerien
gingen, blieben alle ſtehen, um mich zu betrachten.

Offenbar war ein ſauber gekleideter Menſch an dieſen
Orten eine Seltenheit.

Der Junge frug ein Frauenzimmer, ob ſie die
Volkszähler nicht geſehen habe — und drei Menſchen
antworteten zugleich auf ſeine Frage.

Einer ſagte, ſie ſeien über dem Brunnen, die anderen
ſagten, daß ſie dort waren, aber fortgegangen ſeien und
ſich zu Nikita Jwanowitſch begeben hätten.

Ein Greis im bloßen Hemde, der ſeine Kleidung

beim Abort in Ordnung brachte, sagte, daß sie in
Nr. 30 seien.

Der Junge erklärte diese Auskunft für die glaub=
würdigste und führte mich nach Nr. 30, unter das Wetter=
dach eines Kellergewölbes in Dunkel und Gestank, doch
anderer Art als jener auf dem Hofe.

Wir stiegen hinab und schritten über den festgestampften
Boden eines dunkeln Korridors.

Während wir durch den Korridor gingen, wurde
eine Thür aufgestoßen, und aus ihr kam ein betrunkener,
mit einem Hemd bekleideter Alter heraus, der allem An=
schein nach kein Bauer war.

Eine Waschfrau mit aufgestreiften Ärmeln und mit
Seife bedeckten Armen trieb und stieß diesen Mann
mit durchbringendem Geschrei.

Wanja, mein Führer, drängte den Betrunkenen zur
Seite und machte ihm Vorwürfe.

— Es gehört sich nicht, solchen Skandal zu machen,
sagte er.

Und wir kamen zu der Thür von Nr. 30.

Wanja zog an ihr, die festklebende Thür riß sich
los, öffnete sich, uns schlug Seifendunst und scharfer
Geruch von Speisen und Tabak entgegen, und wir traten
in vollständige Finsternis.   .

Die Fenster befanden sich an der entgegengesetzten
Seite, und von hier führten bretterne Korridore nach
rechts und nach links und Thüren unter allerlei Winkeln
in Stuben mit unebenen, mit weißer Wasserfarbe ange=
strichenen Bretterwänden.

In einer dunkeln Stube zur Linken war eine in

einem Trog waschende Frau sichtbar. Aus einer kleinen Thür zur Rechten sah ein altes Weib heraus.

Durch eine andere offene Thür war ein Bauer mit rotem Gesicht sichtbar, der in Bastschuhen auf einer Pritsche saß; er hielt die Hände auf den Knieen, schlenkerte mit den mit den Bastschuhen bekleideten Füßen und sah uns mürrisch an.

Am Ende des Korridors befand sich eine kleine Thür, welche in das Zimmer führte, in dem sich die Volks=zähler befanden.

Das war das Zimmer der Herrin der ganzen Nr. 30; sie mietete die ganze Nummer von Iwan Fedotytsch und gab sie dann an Abmieter und als Schlaf=stellen ab.

In diesem ihrem kleinen Stübchen saß unter einem großen Bilde ein bei der Volkszählung thätiger Student mit den Listen und befragte wie ein Untersuchungsrichter einen Mann in Hemd und Weste.

Dieser Mann war ein Freund der Hausfrau, der für sie die Fragen beantwortete.

Da war auch die Hausfrau, ein altes Weib, und zwei neugierige Inwohner.

Als ich eintrat, war die Stube schon überfüllt.

Ich drängte mich zum Tische vor.

Der Student und ich begrüßten einander, und er setzte die Befragung fort.

Ich begann mich umzusehen und die Bewohner dieses Quartiers zu meinen Zwecken auszufragen.

Es stellte sich heraus, daß ich in dieser ersten Wohnung nicht einen einzigen Menschen fand, über den sich meine Wohlthätigkeit hätte ergießen können.

Trotz der nach dem Palast, in dem ich wohne, mich überraschenden Armut, Kleinheit und Unsauberkeit der Wohnung wohnte die Hausfrau bereits ziemlich gut im Vergleich mit den armen Stadtbewohnern; im Vergleich mit der Armut auf dem Dorfe, welche ich genau kannte, wohnte sie luxuriös.

Sie besaß ein Federbett, eine gesteppte Bettdecke, einen Samowar, einen Pelz, einen Schrank mit Geschirr.

Ein ebenso wohlhabendes Aussehen hatte der Freund der Hausfrau: er besaß eine Uhr mit Kette.

Die Abmieter waren ärmer, aber es befand sich unter ihnen nicht ein solcher, der sofortige Unterstützung nötig gehabt hätte.

Um Unterstützung baten: die von ihrem Mann verlassene Frau mit Kindern, welche Wäsche in dem Trog wusch, eine verwitwete Alte ohne Mittel zum Leben, wie sie sagte, und der Bauer in Bastschuhen, der mir sagte, daß er noch nicht gegessen habe — doch durch Nachfragen stellte es sich heraus, daß alle diese Personen nicht sonderlich Not litten, und daß man, um ihnen zu helfen, sich mit ihnen gut bekannt machen müsse.

Als ich der von ihrem Mann verlassenen Frau den Vorschlag machte, ihre Kinder in einem Asyl unterzubringen, wurde sie verwirrt, sann eine Weile nach, dankte sehr, hatte aber sichtlich kein Verlangen danach; sie hätte lieber eine Geldunterstützung gewünscht. Das älteste Mädchen hilft ihr beim Waschen, und das mittlere wartet den kleinen Jungen.

Die alte Frau bat sehr um Aufnahme ins Armenhaus, doch nachdem ich ihren Winkel besichtigt, fand ich, daß sie nicht in Not sei. Sie besaß einen kleinen Koffer mit allerlei Habe, eine Theekanne mit blecherner Schneppe, zwei Taſſen und Körbchen mit Thee und Zucker. Sie ſtrickte Strümpfe und Handſchuhe und erhielt eine monat= liche Unterſtützung von einer Wohlthäterin.

Der Bauer aber benötigte offenbar weniger Eſſen als einen Rauſch, und alles, was man ihm gegeben hätte, würde in den Kabak wandern — ſo daß in dieſer Wohnung ſich keine ſolchen Leute befanden, von denen ich das ganze Haus überfüllt gedacht, ſolche Leute, die ich beglücken konnte, indem ich ihnen Geld gab.

Es waren, wie mir ſchien, verdächtige Arme.

Ich ſchrieb die Alte, die Frau mit den Kindern und den Bauer auf und entſchied, daß es nötig ſein werde, ſich auch mit ihnen zu beſchäftigen, doch erſt nachdem ich mit den beſonders Unglücklichen mich beſchäftigt haben würde, welche ich in dieſem Hauſe zu finden erwartete.

Ich entſchied, daß bei der Unterſtützung, welche wir gewähren werden, eine Reihenfolge eingehalten werden müſſe: zuerſt die Unglücklichſten, und dann erſt dieſe.

Doch in der nächſten und zweitnächſten Wohnung war es ebenſo, ſämtlich Leute, die man erſt genau prüfen mußte, bevor man ihnen beiſtand. Unglückliche aber, denen man Geld geben konnte und die dann aus Unglück= lichen ſich in Glückliche verwandelt hätten, ſolche waren nicht vorhanden.

So ſehr ich mich ſchäme, es zu ſagen, ich begann Enttäuſchung zu empfinden, daß ich in dieſen Häuſern nichts dem von mir Erwarteten Ähnliches fand.

Ich erwartete, hier beſondere Leute zu finden, doch nachdem ich alle Wohnungen beſucht, hatte ich die Über= zeugung erlangt, daß die Bewohner dieſer Häuſer über=

haupt nicht besondere Leute seien, sondern ganz genau solche Leute, wie jene, in deren Mitte ich lebte. Genau so wie unter uns, waren auch unter ihnen mehr oder minder gute, mehr oder minder unglückliche. Die Unglücklichen waren genau solche Unglückliche wie die Unglücklichen in unserer Mitte, d. i. solche Unglückliche, deren Unglück nicht in äußeren Umständen, sondern in ihnen selbst seinen Grund hat, ein Unglück, welches man durch keine Banknote welcher Art immer gut machen kann.

Die Bewohner dieser Häuser bilden die niedere städtische Bevölkerung, welche in Moskau wahrscheinlich mehr als hunderttausend beträgt. Hier, in diesem Hause giebt es allerlei Arten Vertreter dieser Bevölkerung; da giebt es kleine Hauswirte und Meister, Schuster, Bürstenbinder, Tischler, Drechsler, Schneider, Schmiede, da giebt es Droschkenkutscher, für sich allein lebende Aufkäufer und Höckerinnen, Waschfrauen, Tröbler, Wucherer, Tagelöhner und Leute ohne bestimmte Beschäftigung, und da giebt es Bettler und liederliche Frauenzimmer.

Hier giebt es eine Menge derselben Leute, welche ich beim Eingang in Lapinskis Haus gesehen, aber diese Leute sind hier zwischen dem arbeitenden Volk zerstreut. Ja und außerdem hatte ich sie in ihrer unglücklichsten Zeitperiode gesehen, nachdem alles verzehrt und vertrunken, und sie frierend, hungrig, aus den Traktirs vertrieben, wie auf das himmlische Manna auf den Einlaß in die unentgeltliche Nachtherberge und von da in das gelobte Gefängnis behufs Transports nach ihrem Wohnorte warten, hier aber sah ich sie inmitten einer Mehrzahl von Arbeitern und zu einer Zeit, als sie auf die eine oder auf die andere Weise drei oder fünf Kopeken

zu einem Nachtlager erworben hatten, und bisweilen
einen Rubel zu Speise und Trank.

Und, so seltsam es klingen mag, ich empfand hier
nichts, was jenem Gefühl ähnlich war, das ich in Lapins=
kis Hause empfand, sondern im Gegenteil empfanden ich
und die Studenten während unseres ersten Rundganges
ein fast angenehmes Gefühl — doch was sage ich: fast
angenehmes? Das ist nicht wahr. Das Gefühl, das
durch den Umgang mit diesen Leuten hervorgerufen
wurde, war, so seltsam es klingen mag, geradezu ein
sehr angenehmes Gefühl.

Der erste Eindruck war, daß die Mehrzahl der hier
Lebenden sämtlich Arbeitsleute seien, und sehr gute Leute.

Die größere Hälfte der Inwohner trafen wir bei
der Arbeit: die Waschfrauen hinter dem Waschtrog, die
Tischler hinter dem Winkelhaken, die Schuster auf ihren
Stühlen.

Die engen Wohnungen waren voll Menschen, und
die Arbeit ging energisch und fröhlich von statten.

Es roch nach Arbeitsschweiß, und beim Schuster
nach Leder, beim Tischler nach Hobelspänen, man hörte
häufig ein Lied und sah muskulöse Arme mit auf=
gestreiften Hembärmeln, welche rasch und gewandt die
gewohnten Bewegungen ausführten.

Überall wurden wir heiter und freundlich empfangen.

Fast überall rief unser Eindringen in das Alltags=
leben dieser Leute nicht nur nicht jenen Ehrgeiz, jenes
Streben, seine Wichtigkeit zu zeigen und kurz abzufertigen,
hervor, welche die Erscheinung der Volkszähler in der
Mehrzahl der Wohnungen der wohlhabenden Leute her=
vorrief — es rief nicht nur dieses nicht hervor, sondern

im Gegenteil, man antwortete auf alle unsere Fragen wie es sich gehörte, ohne ihnen irgend welche besondere Bedeutung beizulegen.

Unsere Fragen dienten ihnen bloß als Anlaß zur Erheiterung und zu Scherzen darüber, wie jemand in der Zählung aufzunehmen sei, wer für zwei, und wo zwei für einen u. s. w.

Viele trafen wir beim Mittagsessen oder beim Thee, und auf unsern Bewillkommungsgruß „Brot und Salz!" oder „Thee und Zucker!" erwiderten sie jedesmal „Wir bitten, Euer Gnaden!" und rückten schon beiseite, uns Platz machend.

Anstatt des Zufluchtsortes einer beständig wechseln= den Einwohnerschaft, den wir hier zu finden erwartet, zeigte es sich, daß in diesem Hause viele Wohnungen waren, in denen die Leute schon seit langer Zeit wohnten.

Ein Tischler mit seinen Arbeitern und ein Schuster mit seinen Werkmeistern wohnten hier schon zehn Jahre.

Bei dem Schuster war es sehr schmutzig und der Raum beengt, aber die Leute waren alle bei der Arbeit sehr lustig.

Ich versuchte ein Gespräch mit einem der Arbeiter anzuknüpfen, in der Absicht, von ihm das Elend seiner Lage zu erfahren, wie er dem Meister verschuldet sei, aber der Arbeiter verstand mich nicht und schilderte den Meister und sein Leben von der besten Seite.

In einem Quartier wohnte ein alter Mann mit einer alten Frau. Sie handeln mit Äpfeln. Ihre Stube ist warm, sauber und voll Gut. Auf dem Boden sind Strohdecken ausgebreitet; sie kaufen sie in der Apfelniederlage. Koffer, ein Schrank, ein Samowar,

Geschirr. In der Ecke viel Heiligenbilder, zwei Lampen brennen vor ihnen; an der Wand hängen die mit einem Betttuch überdeckten Schuben.

Die freundliche, gesprächige Alte mit den sternförmigen Runzeln freut sich sichtlich selbst über ihr stilles, wohlanständiges Leben.

Iwan Fedotytsch, der Wirt des Traktirs und der Quartiere, kam aus dem Traktir und ging mit uns.

Er scherzte freundlich mit vielen Haushaltungsvorständen der Wohnungen, alle bei ihrem Namen und Vatersnamen nennend, und entwarf uns kurze Charakteristiken derselben. Es waren Leute, so wie die Leute sind, die Martin Sjemjonowitsch, die Peter Petrowitsch, die Maria Iwanownas — Leute, die sich nicht selbst für unglücklich hielten, sondern die sich für Leute so wie alle Leute sind hielten, und es auch wirklich waren.

Wir waren darauf gefaßt, bloß Entsetzliches zu sehen, und plötzlich zeigte sich uns anstatt dieses Entsetzlichen nicht nur nichts Entsetzliches, sondern etwas Gutes, etwas was unwillkürlich unsere Achtung erweckte.

Und dieser guten Leute waren so viele, daß die zerlumpten, gesunkenen, müßigen Leute, welche dann und wann zwischen ihnen auftauchten, den allgemeinen Eindruck nicht störten.

Die Studenten überraschte dies nicht so sehr als mich. Sie gingen einfach, wie sie dachten, ein für die Wissenschaft nützliches Werk verrichten, und dabei machten sie ihre zufälligen Beobachtungen; ich aber war ein Wohlthäter, ich ging mit der Absicht, unglücklichen, gesunkenen, verderbten Leuten, welche ich in diesem Hause zu treffen erwartete, zu helfen. Und plötzlich sah ich anstatt der Unglücklichen, Gesunkenen, Verderbten eine Mehrzahl arbeitender, ruhiger, zufriedener, lustiger, freund= licher und sehr guter Leute.

Besonders lebhaft berührte es mich, als ich in diesen Wohnungen dieselbe himmelschreiende Not fand, der ich abhelfen wollte.

Wenn ich auf diese Not stieß, fand ich stets, daß sie bereits gedeckt war, bereits jene Hilfe geleistet war, welche ich leisten wollte.

Diese Hilfe war vor mir geleistet, und durch wen geleistet? . . . Durch diese selben unglücklichen, verderb= ten Geschöpfe, welche zu retten ich mich anschickte, und so geleistet, wie ich sie nicht leisten könnte.

In einer Kellerwohnung lag ein Greis allein, am Typhus erkrankt. Niemand befand sich bei ihm. Eine Witwe mit einem Mädchen, ihm fremd, doch seine Nach= barin, wartete ihn, gab ihm Thee zu trinken und kaufte für ihr Geld Arzneien.

In einer andern Wohnung lag eine Frau im Kind= bettfieber. Ein Frauenzimmer, das ein liederliches Leben führt, wiegte den Knaben, machte ihm einen Saugbeutel und war zwei Tage nicht zu ihrem Gewerbe ausgegangen.

Ein verwaistes Mädchen war in die Familie eines Schneiders aufgenommen worden, der drei eigene Kin= der hatte.

So blieben bloß jene unglücklichen, müßigen Leute übrig, Beamte, Schreiber, Lakaien ohne Dienst, Bettler, Trunkenbolde, liederliche Frauenzimmer, Kinder, denen man nicht mit einem mal helfen konnte — mit Geld, sondern welche man erst gut kennen lernen, in Erwägung ziehen und versorgen mußte.

Ich suchte bloß Unglückliche, durch Armut Unglück=
liche, solche, denen man helfen konnte, indem man mit
ihnen unsern Überfluß teilte, und ich traf, wie mir schien,
infolge eines besondern Mißgeschicks keine solchen, son=
dern stieß beständig nur auf solche Unglückliche, denen
man viel Zeit und Mühe widmen mußte.

Die Unglücklichen, welche ich aufschrieb, teilten sich
in meiner Vorstellung von selbst in drei Abteilungen,
und zwar: Leute, welche ihre frühere einträgliche Stellung
verloren hatten und ihre Rückkehr in dieselbe erwarteten
(solche Leute gab es aus niederen und aus höheren
Ständen); dann liederliche Frauenzimmer, deren in
diesen Häusern sehr viele waren, und die dritte Ab=
teilung — Kinder.

Am meisten fand ich und schrieb ich auf Leute der
ersten Abteilung, Leute, welche ihre frühere einträgliche
Stellung verloren hatten, und in dieselbe zurückzukehren
wünschten.

Solche Leute, namentlich aus der herrschaftlichen Be=
amtenwelt, giebt es sehr viele in diesen Häusern.

Fast in allen Wohnungen, in welche wir mit dem
Hauswirt, Iwan Fedotytsch, traten, sagte er zu uns:
Hier brauchen Sie nicht selbst die Wohnungsliste aus=
zufüllen; hier ist ein Mensch, der alles dies kann, wenn
er nur jetzt nicht betrunken ist.

Und Iwan Fedotytsch rief beim Namen und Vaters=
namen diesen Menschen herbei, der stets einer der gesun=
kenen Leute aus höherer Stellung war.

Auf den Anruf Iwans Fedotytsch kroch irgendwo
aus einer dunkeln Ecke ein ehemaliger reicher Dworjanin
oder Beamte hervor, meist betrunken und stets halb nackt.

Wenn er nicht betrunken war, übernahm er stets willig die ihm angebotene Arbeit, nickte bedeutungsvoll mit dem Kopfe, zog die Augenbrauen in die Höhe, machte seine Bemerkungen in gelehrten Ausdrücken und hielt mit zärtlicher Sorgfalt die bedruckte Karte von rotem Papier in den zitternden, schmutzigen Händen, und blickte mit Stolz und Verachtung auf seine Hausgenossen, gleichsam jetzt vor ihnen, die ihn so oft gedemütigt hatten, seine Überlegenheit an Bildung feiernd.

Er freute sich sichtlich des Verkehrs mit der Welt, in welcher Karten auf rotem Papier gedruckt werden, in der er selbst einst gelebt.

Fast stets begann auf meine Fragen nach seinem Leben dieser Mensch nicht nur bereitwillig, sondern in heiterster Stimmung die gleich einem Gebet eingeprägte Geschichte von dem Unglück, das ihn betroffen, und hauptsächlich von seiner frühern Stellung, in welcher er nach seiner Erziehung sich befinden müßte.

Solche Leute sind sehr zahlreich in allen Ecken des Rshanowschen Hauses zerstreut.

Eine der Wohnungen ist ausnahmslos von ihnen allein eingenommen — von Männern und Frauen.

Als wir zu ihnen gingen, sagte Iwan Fedotytsch zu uns:

— Nun, da ist jetzt die Edelmannswohnung!

Die Wohnung war ganz voll: fast alle, etwa vierzig Menschen, waren zu Hause.

Mehr gefallene, unglückliche und alte, aufgedunsene und junge, bleiche, herabgekommene Menschen gab es im ganzen Hause nicht.

Ich ließ mich mit einigen von ihnen in ein Gespräch ein.

Es war fast überall eine und dieselbe Geschichte, nur in verschiedenen Stadien der Entwickelung.

Jeder von ihnen war reich gewesen, oder sein Vater oder sein Bruder oder sein Onkel waren jetzt noch reich; oder sein Vater oder er selbst hatte eine prächtige Stellung inne gehabt.

Dann trat das Unglück ein, an dem entweder Neider oder die eigene Gutmütigkeit oder ein besonderer Zufall schuld waren, und da verlor er alles und war gezwungen, unterzugehen in dieser nicht für ihn geeigneten, ihm verhaßten Umgebung — unter Läusen, zerlumpt, mit Trunkenbolden und liederlichen Menschen, von Blutkuchen und Brot lebend.

Alle Gedanken, Wünsche und Erinnerungen dieser Leute sind bloß auf die Vergangenheit gerichtet.

Die Gegenwart erscheint ihnen als etwas Unnatürliches, Widerliches, was keine Beachtung verdient.

Sie alle haben keine Gegenwart — bloß Erinnerungen an die Vergangenheit und Erwartungen der Zukunft, welche sich jeden Augenblick verwirklichen können, und zu deren Verwirklichung es nur sehr wenig bedarf, aber dieses wenige ist nicht vorhanden, nirgends zu erlangen, und so schwindet denn das Leben unnütz dahin, bei dem einen das erste Jahr, bei dem andern seit fünf und beim dritten seit dreizehn Jahren.

Die Einen brauchten jetzt bloß anständige Kleidung anzulegen, um sich einer bekannten Persönlichkeit vorzustellen, die ihnen gewogen ist; ein anderer brauchte sich bloß anzukleiden, seine Schulden zu bezahlen und nach Orel zu fahren; ein dritter brauchte bloß auszulösen, was er verpfändet hat, und nur ganz geringe Mittel zur Fortsetzung eines Prozesses, der zu seinen Gunsten ausfallen müsse, und dann wird alles wieder gut sein.

Alle sagen, daß sie nur etwas Äußerliches brauchen, um aufs neue in jene Lage zu kommen, welche sie für ihre natürliche und für eine glückliche halten.

Wenn mein Blick nicht getrübt war durch den Stolz des Wohlthäters, brauchte ich nur ein wenig in ihre jungen und alten, großenteils schlaffen, sinnlichen, doch gutmütigen Gesichter zu blicken, um einzusehen, daß ihr Unglück nicht durch äußerliche Mittel beseitigt werden könne, daß sie in keiner Lage glücklich sein können, wenn ihre Lebensanschauung dieselbe bleibe.

Ich erinnere mich, daß mir der Umgang mit Unglücklichen dieser Art besonders schwer fiel; jetzt begreife ich, wie das kam: ich sah in ihnen wie in einem Spiegel mich selbst.

Wenn ich mich in mein Leben und in das Leben der Leute unseres Gesellschaftskreises hineindenken würde, dann würde ich sehen, daß zwischen ihnen und anderen kein wesentlicher Unterschied ist.

Wenn jene, welche jetzt in meiner Umgebung in großen Wohnungen und in ihren Häusern auf der Sswzewaja Wraschka und der Dmitrowka,*) und nicht in Rshanows Hause leben, noch gut essen und trinken, und nicht bloß Petschonka und Sseljodka**) mit

---

*) Straßen im vornehmen Stadtteil.
**) Gebackene Leber und kleine Heringe.

Brot essen, so hindert sie dies nicht, ebenso unglücklich zu sein.

Sie sind ebenso unzufrieden mit ihrer Lage, klagen über die Vergangenheit und wünschen etwas Besseres, und die bessere Lage, die sie wünschen, ist genau dieselbe wie jene, welche sich die Bewohner von Rshanows Hause wünschen. Das ist eine solche, in der man sich weniger anzustrengen braucht und mehr aus der Arbeit anderer Nutzen ziehen kann. Ein Unterschied ist bloß im Grad und in der Zeit vorhanden.

Wenn ich damals mich hineingedacht hätte, würde ich dies begriffen haben, doch ich vertiefte mich nicht hinein, sondern frug diese Leute aus und schrieb sie auf, in der Annahme, ihnen später zu helfen, nachdem ich die Einzelheiten ihrer verschiedenen Bedürfnisse erkannt haben würde.

Ich sah nicht ein, daß man einem solchen Menschen bloß dadurch helfen kann, daß man seine Weltanschauung ändert.

Und um die Weltanschauung eines andern Menschen zu ändern, muß man selbst die beste Lebensanschauung haben und derselben gemäß leben, und ich hatte eine eben solche wie sie, und ich lebte gemäß dieser Lebens=anschauung, welche geändert werden mußte, damit diese Leute aufhörten, unglücklich zu sein.

Ich sah nicht, daß diese Leute nicht deshalb un=glücklich waren, weil sie so zu sagen keine nahrhafte Kost hatten, sondern deshalb, weil ihr Magen verdorben ist und sie schon nicht mehr eine nahrhafte, sondern eine den Appetit reizende Kost verlangen; ich sah nicht, daß man, um ihnen zu helfen, ihnen nicht Nahrung geben, sondern ihren verdorbenen Magen kurieren müsse.

Obwohl ich damit meiner Erzählung vorauseile, so sage ich doch, daß ich von allen den Leuten, welche ich aufschrieb, thatsächlich keinem half, trotzdem für einige das gethan wurde, was sie verlangten und was, wie es schien, sie emporheben konnte.

Ich erinnere mich besonders an drei von ihnen. Alle drei sind nach wiederholtem Aufschwung und Fall jetzt genau in derselben Lage, in der sie sich vor drei Jahren befanden.

Fünftes Kapitel.

Die zweite Abteilung Unglücklicher, denen ich eben= falls nachher zu helfen hoffte, waren die liederlichen Frauenzimmer.

Solcher Frauenzimmer gab es in Ržhanows Hause sehr viele von verschiedener Sorte — von den jungen, einem Weibe ähnlichen, bis zu den alten, schrecklichen und entsetzlichen, welche das menschliche Aussehen ver= loren hatten.

Die Hoffnung, diesen Frauen zu helfen, was ich anfangs nicht im Auge hatte, wurde in mir nach folgen= dem Vorfall rege.

Es war in der Mitte unseres Rundganges. Es hatten sich bei uns bereits gewisse mechanische Handgriffe

im Verkehr ausgebildet. Wenn wir in eine Wohnung
eintraten, frugen wir sofort nach dem Haushaltungs=
vorstand, einer von uns setzte sich, indem er sich irgend
einen Platz zum Schreiben reinigte, der andere ging in
den Winkeln der Wohnung herum, fragte einzeln jeden
Mann aus und teilte, was er erfahren, dem Ein=
schreibenden mit.

Als wir in eine der Wohnungen im Souterrain
traten, ging der Student den Haushaltungsvorstand auf=
suchen, ich aber begann alle in der Wohnung Anwesen=
den auszufragen.

Die Wohnung war folgendermaßen eingeteilt:

In der Mitte der sechs Arschin*) im Quadrat
messenden Stube stand ein kleiner Ofen.

Von dem Ofen gehen strahlenförmig vier Scheide=
wände aus, welche vier Kammern bilden.

In der ersten, der Durchgangskammer, mit vier
Schlafbänken, befanden sich zwei Menschen — ein alter
Mann und eine Frau.

Direkt hinter dieser befand sich ein längliches
Kämmerchen, in ihm der Haushaltungsvorstand, ein
junger, mit einem ärmellosen Unterziehkleid von grauem
Tuch bekleideter, anständiger, sehr blasser Bürger.

Links von dem ersten Winkel befand sich das dritte
Kämmerchen; darin bloß ein schlafender, wahrscheinlich
betrunkener Mann und ein Frauenzimmer in rosa
Bluse, welche vorn gelockert und hinten zusammen=
gezogen war.

Hinter der Scheidewand lag das vierte Kämmerchen;

*) Russisches Längenmaß = 711 mm.

der Eingang in dieses war durch das Kämmerchen des Haushaltungsvorstandes.

Der Student begab sich in das Kämmerchen des Haushaltungsvorstands, und ich blieb in der Durchgangs= kammer und befragte den Alten und die Frau.

Der Alte war Handwerker, Buchdrucker, jetzt hat er keine Mittel zum Leben.

Das Frauenzimmer war die Frau eines Kochs.

Ich begab mich in das dritte Kämmerchen und er= kundigte mich bei der Frau in der Bluse nach dem schlafenden Menschen. Sie sagte, daß es ein Gast sei.

Ich frug die Frau, wer sie sei. Sie sagte, sie sei eine Moskauer Bäuerin.

— Womit beschäftigen Sie sich?

Sie lachte und gab keine Antwort.

— Womit ernähren Sie sich? wiederholte ich, da ich dachte, daß sie die Frage nicht verstanden habe.

— Im Traktir sitze ich, sagte sie.

Ich verstand das nicht und fragte aufs neue:

— Wovon leben Sie?

Sie antwortete nicht und lachte.

Aus der vierten Kammer, in der wir noch nicht ge= wesen, ertönte ebenfalls Gelächter von Frauenstimmen.

Der Bürger, der Haushaltungsvorstand, ging aus seinem Kämmerchen heraus und kam zu uns.

Er hatte offenbar meine Fragen und die Antworten des Frauenzimmers gehört. Er sah das Frauenzimmer streng an und wandte sich zu mir.

— Eine Prostituierte! sagte er, sichtlich befriedigt davon, daß er dieses in der Verwaltungssprache gebrauchte Wort kannte und es richtig aussprach.

4*

Und nachdem er das gesagt hatte, wandte er sich mit einem kaum bemerkbaren ehrerbietigen, selbstgefälligen Lächeln, das mir galt, zu dem Frauenzimmer, und kaum hatte er sich ihr zugewendet, so veränderte sich sein ganzes Gesicht.

In einem besonders verächtlichen Ton schnell sprechend, wie man mit einem Hunde spricht, ohne sie anzusehen, sprach er zu ihr:

— Was schwaßest Du: „Im Traktir sitze ich"? Im Traktir sitzeft Du, das heißt vernünftig gesprochen: eine Prostituierte, wiederholte er noch einmal das Wort. Sie kennt ihre eigene Benennung nicht . . .

Dieser Ton kränkte mich.

— Uns steht es nicht zu, sie zu beschimpfen, sagte ich. Wenn wir alle Gott gemäß lebten, dann gäbe es auch diese nicht.

— Ja, es ist schon einmal so eine Sache, sagte der Haushaltungsvorstand, natürlich lächelnd.

— Daher müssen wir sie nicht rügen, sondern be= klagen. Sind sie etwa schuld?

Ich erinnere mich nicht, was ich ausdrücklich sagte, aber ich entsinne mich, daß mich der verächtliche Ton dieses jungen Haushaltungsvorstandes einer mit Frauen= zimmern, welche er Prostituierte nannte, angefüllten Wohnung empörte, und mich dauerte dieses Frauen= zimmer, und ich gab dies und noch anderes kund.

Kaum hatte ich das gesagt, so begannen in dem Kämmerchen, aus welchem das Gelächter sich vernehmen ließ, die Bretter der Betten zu knarren, und über der nicht bis zur Decke reichenden Scheidewand erhob sich ein wirrer weiblicher Krauskopf mit kleinen, ver=

schwollenen Augen und glänzend rotem Gesicht, und hinter diesem ein zweiter und noch ein dritter.

Offenbar waren die Frauen auf ihre Betten gestiegen und reckten alle die Hälse empor, und den Atem anhaltend, blickten sie mit gespannter Aufmerksamkeit schweigend auf uns.

Es folgte ein bestürztes Schweigen.

Der Student, der früher gelächelt hatte, war ernst geworden; der Haushaltungsvorstand war verwirrt und senkte die Augen.

Die Frauenzimmer atmeten alle kaum, sie sahen mich an und warteten.

Ich war mehr verwirrt als alle. Ich hatte keineswegs erwartet, daß ein zufällig hingeworfenes Wort eine solche Wirkung hervorbringen würde.

Es war gerade so, als ob ein Feld des Todes, bedeckt mit toten Gebeinen, unter der Berührung des Geistes erbebte und die toten Gebeine anfingen, sich zu bewegen. Ich hatte ein unbedachtes Wort der Liebe und des Mitleids ausgesprochen, und dieses Wort wirkte auf alle so, als ob alle bloß auf dieses Wort gewartet hätten, um aufzuhören, Leichname zu sein und aufzuleben.

Alle sahen mich an und warteten, was weiter geschehen werde.

Sie warteten, daß ich die Worte spreche und die That vollbringe, durch welche die Gebeine sich vereinigen, sich mit Fleisch bedecken und beleben würden, doch ich fühlte, daß ich über keine solchen Worte, über keine solchen Thaten verfügte, durch die ich das Begonnene fortsetzen könnte. Ich fühlte in tiefster Seele, daß ich gelogen hatte, daß ich nichts weiter zu sagen habe, und ich begann in die Listen die Namen und den Beruf aller Personen dieser Wohnung einzuschreiben.

Dieser Vorfall brachte mich auf den Gedanken, daß es möglich sei, diesen Unglücklichen zu helfen.

Damals schien mir dies in meiner Selbsttäuschung sehr leicht zu sein.

Ich sagte mir: Wir werden auch diese Frauen= zimmer aufschreiben und nachher werden wir (wer diese „wir" waren, darüber legte ich mir keine Rechenschaft ab), nachdem wir alles aufgeschrieben haben, uns auch mit diesen beschäftigen.

Ich stellte mir vor, daß wir, dieselben, welche im Verlaufe mehrerer Generationen diese Frauenzimmer in diese Lage gebracht haben und noch bringen, eines schönen Tages auf einen Gedanken kommen und dies alles ver= bessern werden. Und dabei mußte ich, wenn ich mich nur meiner Unterredung mit dem lieberlichen Frauen= zimmer, welches das Kind der kranken Wöchnerin wiegte, erinnerte, alle Unvernunft einer solchen Voraussetzung einsehen.

Als wir dieses Frauenzimmer mit dem Kinde er= blickten, dachten wir, daß es ihr Kind sei.

Auf die Frage, wer sie sei, antwortete sie geradezu, daß sie ein Freudenmädchen sei.

Sie sagte nicht: eine Prostituierte. Bloß der Bürger, der Haushaltungsvorstand der Wohnung gebrauchte dieses schreckliche Wort.

Die Voraussetzung, daß sie ein Kind habe, brachte mich auf den Gedanken, sie aus ihrer Lage heraus= zuführen.

— Ist dies Ihr Kind?

— Nein, dieser Frau.

— Weshalb wiegen Sie es?

— Sie hat darum gebeten; sie liegt im Sterben.

Obwohl sich meine Voraussetzung als unrichtig er=
wies, setzte ich doch die Unterredung mit ihr in dem=
selben Sinne fort.

Ich begann sie auszufragen, wer sie sei, und wie
sie in diese Lage gekommen; sie erzählte mir bereitwillig
und sehr schlicht ihre Geschichte.

Sie war Moskauer Bürgerin, die Tochter eines
Fabrikarbeiters. Sie wurde Waise, eine Tante nahm
sie zu sich. Von der Tante aus begann sie die Traktirs
zu besuchen. Die Tante ist jetzt tot.

Als ich sie frug, ob sie ihr Leben nicht ändern
wolle, hatte meine Frage sichtlich kein Interesse mehr für sie.

Wie kann auch einen Menschen der Vorschlag von
etwas vollkommen unmöglichem interessieren?

Sie lachte auf und sagte:

— Ja, wer wird mich denn mit der gelben Karte*)
nehmen?

— Nun, wenn sich eine Stelle als Köchin oder
sonstwo fände? sagte ich.

Mir kam dieser Gedanke deshalb, weil sie ein kräf=
tiges, rotblondes Frauenzimmer mit gutmütigem und
dummem, runden Gesicht war. Solcher Art pflegen die
Köchinnen zu sein.

---

*) Die Prostituierten erhalten von der Polizei eine gelbe Legi=
timationskarte. Auch wenn sie ihren bisherigen Lebenswandel auf=
geben, wird ihnen erst nach Ablauf einer Probezeit eine andere
Karte ausgestellt.

Meine Worte gefielen ihr offenbar nicht.

Sie wiederholte:

— Als Köchin?... Ja, ich kann nicht einmal Brote backen, sagte sie und lachte.

Sie sagte, daß sie es nicht verstehe, aber ich erkannte an ihrem Gesichtsausdruck, daß sie Köchin auch nicht sein wolle, daß sie den Stand und den Beruf einer Köchin als einen niedrigen ansehe.

Dieses Weib, welches auf die einfachste Weise, gleich der Wittwe im Evangelium, alles was sie besaß der Kranken geopfert hatte, betrachtet dabei, wie ihre anderen Genossinnen, die Stelle eines arbeitenden Menschen als eine niedrige und verachtungswerte. Sie ist so erzogen worden, um ohne Arbeit zu leben, zu einem Leben, welches von ihrer Umgebung als ein für sie natürliches angesehen wird. Darin beruht ihr Unglück. Und durch dieses Unglück ist sie gefallen und verbleibt in dieser Lage. Das hat sie dahin gebracht, im Traktir zu sitzen.

Wer von uns — Männern oder Frauen — wird sie wegen dieser falschen Lebensanschauung zurecht weisen? Wo sind in unserer Mitte die Leute, welche überzeugt sind, daß jedes Leben voll Arbeit achtenswerter ist als ein müssiges — die davon überzeugt sind und gemäß dieser Überzeugung leben und gemäß dieser Überzeugung die Leute schätzen und würdigen?

Wenn ich daran gedacht hätte, konnte ich begreifen, daß weder ich, noch einer von denen, die ich kenne, diese Krankheit zu heilen vermag.

Ich hätte begreifen können, daß diese erstaunten und gerührten Gesichter, welche hinter der Scheidewand auf= tauchten, bloß das Erstaunen über das von mir geäußerte

Mitgefühl ausdrückten, aber keineswegs die Hoffnung auf Besserung ihrer Unsittlichkeit. Sie sehen das Unsittliche ihres Lebens nicht. Sie sehen, daß man sie verachtet und schmäht, aber weshalb man sie so verachtet, das zu begreifen, ist ihnen unmöglich. Ihr Leben verlief von der Kindheit an inmitten genau solcher Frauenzimmer, welche es — das wissen sie recht wohl — immer gab und giebt, und die in der Gesellschaft unentbehrlich sind, so unentbehrlich, daß es Regierungsbeamte giebt, welche für ihre regelrechte Existenz Sorge tragen. Außerdem wissen sie, daß jene Gewalt über die Leute haben und sie sich unterwerfen und sie oft besser beherrschen als andere Frauenzimmer. Sie sehen, daß ihre Stellung in der Gesellschaft — abgesehen davon, daß man sie alle=weil schmäht — sowohl von den Frauen als von den Männern und von der Behörde anerkannt wird, und darum können sie gar nicht begreifen, wofür sie Buße thun und worin sie sich bessern sollen.

Auf einem der Umgänge teilte mir der Student mit, daß sich in einer der Wohnungen ein Frauenzimmer befinde, das mit ihrer dreizehnjährigen Tochter Handel treibe. Da ich dieses Mädchen zu befreien wünschte, begab ich mich sofort in diese Wohnung. Mutter und Tochter leben in großem Elend. Die Mutter ist eine kleine, schwarze, etwa vierzig Jahre alte Prostituierte, nicht bloß häßlich, sondern widerlich häßlich. Die Tochter ist ebenso unangenehm. Auf alle meine auf ihr Leben bezüglichen Fragen antwortete die Mutter mißtrauisch und feindselig, indem sie offenbar in mir einen Feind fühlte, der böse Absichten hatte; die Tochter gab keine Antwort ohne die Mutter anzusehen, und vertraute offenbar

der Mutter ganz und gar. Herzliches Mitleid erweckten
sie in mir nicht, eher Widerwillen, doch ich entschied, daß
es nötig sei, die Tochter zu retten — das Interesse von
Damen zu erwecken, welche mit der traurigen Lage dieser
Frauenzimmer Mitleid haben, und sie hierher zu senden.
Doch, hätte ich an die ganze lange Vergangenheit der
Mutter gedacht, daran, wie sie diese ihre Tochter in ihrer
Lage geboren, aufgesäugt und erzogen hatte, gewiß ohne
den geringsten Beistand von anderen Leuten und mit
großen Opfern, wenn ich an die Lebensauffassung gedacht hätte, welche sich bei diesem Frauenzimmer ausgebildet, dann hätte ich begriffen, daß im Benehmen der
Mutter nichts Schlechtes und Unmoralisches war; sie
that und thut für die Tochter alles was sie kann, d. i.
das, was sie für sich für das Beste hält. Man kann
diese Tochter der Mutter gewaltsam wegnehmen, aber es
ist nicht möglich, die Mutter zu überzeugen, daß sie eine
schlechte Handlung begehe, indem sie ihre Tochter ver-
kaufe. Wenn schon gerettet werden sollte, dann war es,
und viel früher, nötig, die Mutter zu retten.

Sechstes Kapitel.

Noch seltsamer waren meine Beziehungen zu den
Kindern. In meiner Wohlthäterrolle richtete ich meine
Aufmerksamkeit auch auf die Kinder, in der Absicht, die
in dieser Höhle der Sittenverderbnis untergehenden un-
schuldigen Wesen zu retten, und ich schrieb sie auf, um
mich mit ihnen nachher zu beschäftigen.

Unter den Kindern fiel mir hauptsächlich der zwölf-
jährige Junge Sergius auf. Diesen klugen, gewandten
Burschen, der bei einem Schuster lebte und obdachlos
geworden war, weil sein Meister ins Gefängnis kam,
bedauerte ich aus tiefster Seele und wollte ihm Gutes
erweisen.

Ich werde jetzt erzählen, wie meine ihm erwiesene
Wohlthätigkeit endete, weil die Geschichte dieses Jungen
besser als alles meine falsche Stellung in der Rolle des
Wohlthäters zeigt. Ich nahm den Jungen zu mir und
brachte ihn in der Küche unter. Es war doch nicht
möglich, einen verlausten Jungen aus einer Höhle der
Sittenverderbnis zu meinen Kindern zu nehmen? Ich
betrachtete mich auch deshalb, daß er nicht mir, sondern
unserer Dienerschaft in der Küche zur Last war, und
dafür, daß ebenfalls nicht ich, sondern unsere Köchin ihn
ernährte, und dafür, daß ich ihm einige abgetragene
Kleidungsstücke zum Anziehen gegeben hatte — dafür
betrachtete ich mich als sehr gut und brav. Der Junge
brachte bei mir etwa eine Woche zu. Während dieser
Woche sprach ich zweimal einige Worte mit ihm, und
während eines Spazierganges verfügte ich mich zu einem
bekannten Schuster und schlug ihm den Jungen als
Lehrling vor. Ein Bauer, der zu mir zu Besuch kam,
lud ihn ein, zu ihm ins Dorf zu kommen, als Arbeiter,
in seine Familie; der Junge lehnte es ab, und nach
einer Woche verschwand er. Ich begab mich in Rshanows Haus, um Erkundigungen nach ihm einzuziehen.
Er war dorthin zurückgekehrt, und um die Zeit, als ich
kam, war er nicht zu Hause. Er ging schon den zweiten
Tag zu den Presnjenskije Prudy, wo er sich für dreißig

Kopeken täglich in dem Aufzug irgend welcher Wilden verdingte, welche in Kostümen einen Elefanten vorführten. Dort fand irgend eine Vorstellung für das Publikum statt. Ich kam noch ein zweites Mal, aber er wich mir offenbar aus. Hätte ich mich damals in das Leben dieses Jungen und in das meine hineingedacht, dann hätte ich eingesehen, daß der Junge dadurch verdorben worden, daß er die Möglichkeit eines lustigen Lebens ohne Anstrengung kennen gelernt hatte, daß er der Arbeit entwöhnt war. Und ich hatte ihn, um ihn mit Wohlthaten zu überhäufen und ihn zu bessern, in mein Haus genommen, wo er — was gesehen hatte? Meine Kinder — sowohl ältere als er, als jüngere, und an Alter ihm gleiche —, welche nicht bloß nie etwas für sich arbeiteten, sondern auf alle mögliche Weise anderen Arbeit schafften, alles ringsum beschmutzten und verdarben, sich an fetten, schmackhaften und süßen Sachen überaßen, das Geschirr zerbrachen, solche Speisen, welche für diesen Jungen Leckerbissen darstellten, weggossen oder den Hunden vorwarfen!

Wenn ich ihn aus einer Diebeshöhle fortnahm und ihn an einen besseren Ort brachte, da mußte er sich auch die Lebensanschauungen aneignen, die an demselben herrschen; und nach diesen Lebensanschauungen begriff er, daß man in einer guten Stellung so leben müsse, daß man nichts arbeite, sondern nur esse, gut trinke und fröhlich lebe. Es ist wahr, er wußte nicht, daß meinen Kindern die Erlernung der Ausnahmen von den Regeln der lateinischen und griechischen Grammatik schwere Mühe verursachte, und er hätte auch den Zweck dieser Mühe nicht begreifen können. Doch läßt sich nicht übersehen,

daß, wenn er dies begriffen hätte, der Einfluß des Bei-
spiels meiner Kinder auf ihn noch stärker gewesen wäre.
Er hätte dann begriffen, daß meine Kinder so erzogen
werden, um, ohne jetzt etwas zu arbeiten, in der Zukunft
imstande zu sein, gestützt auf ihr Diplom so wenig als
möglich zu arbeiten und die Annehmlichkeiten des Lebens
so viel als möglich zu genießen.

Er begriff dies auch und ging nicht zu dem Bauer,
um mit ihm das Vieh zu besorgen und Kartoffeln mit
Kwaß zu essen, sondern ging in den Zoologischen Garten,
um als Wilder verkleidet für 30 Kopeken einen Elefanten
zu führen.

Ich hätte einsehen können, daß es mir nicht gut
anstand, indem ich meine eigenen Kinder in vollem
Müßiggang und Wohlleben erzog, andere Leute und
ihre Kinder korrigieren zu wollen, die im Müßiggang zu
grunde gingen in dem von mir als Diebshöhle bezeich-
neten Hause Rshanows, wo übrigens drei Vierteile der
Inwohner für sich und andere arbeiten . . . doch ich
sah dies alles nicht ein.

Kinder, die sich in der traurigsten Lage befanden,
gab es sehr viele in Rshanows Hause: es waren Kinder
von einer Prostituierten, es waren Waisen, es waren
Kinder da, welche von Bettlern auf den Straßen herum-
getragen wurden. Sie waren alle sehr beklagenswert,
aber mein Versuch mit Sseresha hatte mir gezeigt, daß
ich bei meiner Lebensweise nicht imstande war, ihnen
zu helfen.

Während Sseresha bei uns lebte, hatte ich an mir
das Bestreben gemerkt, ihm unsere Lebensweise zu ver-
heimlichen, insbesondere die Lebensweise unserer Kinder.

Ich fühlte, daß alle meine Bemühungen, ihn zu einem guten, arbeitsvollen Leben zu bekehren, durch das Bei= spiel unserer Lebensweise und der unserer Kinder zu nichte gemacht werden.

Es ist sehr leicht, einer Prostituierten ein Kind weg= zunehmen . . . sehr leicht, wenn man Geld besitzt, es zu waschen, zu reinigen, sauber zu kleiden, zu ernähren und ihm verschiedene Kenntnisse beizubringen . . . aber es lehren, sich sein Brot zu verdienen, das ist für uns, die wir unser Brot nicht verdienen, sondern das Gegenteil thun, nicht bloß schwierig, sondern unmöglich, weil wir sowohl durch unser Beispiel, als auch schon durch die materiellen, ihn nichts kostenden Verbesserungen seines Lebens ihn das Gegenteil lehren.

Einen jungen Hund kann man hernehmen, ihn ver= zärteln, ihn füttern und ihn apportieren lehren und sich darüber freuen, aber bei einem Menschen genügt es nicht, ihn zu verzärteln, zu ernähren und griechisch zu lehren . . . den Menschen muß man auch leben lehren d. i. weniger von anderen nehmen und mehr geben. Wir können ihn aber nicht lehren, das Gegenteil zu thun, wenn wir ihn in unser Haus oder in ein für ihn errichtetes Asyl aufnehmen.

Das Gefühl des Mitleids mit den Menschen und des Abscheus vor mir selbst, das ich im Hause Ljapinskis empfunden hatte, das empfand ich jetzt nicht mehr, son= dern ich war ganz erfüllt von dem Verlangen, das von mir geplante Werk auszuführen — den Menschen, die ich hier finden werde, Gutes zu erweisen.

Und sonderbar! . . . man sollte meinen, es sei ein

sehr gutes Werk, Wohlthaten zu erweisen, Notleidenden
Geld zu geben, und es müsse Liebe zu den Menschen
erwecken, doch das Gegenteil war der Fall: dieses Werk
erweckte in mir Abneigung und Verdammung der
Menschen.

Beim ersten Rundgang am Abend ereignete sich eine
genau solche Szene wie im Hause Ljapinskis, doch diese
Szene machte auf mich nicht den Eindruck, wie im
Hause Ljapinskis, sondern sie erweckte ein ganz anderes
Gefühl.

Es begann damit, daß ich in einer der Wohnungen
einen derart Unglücklichen fand, welchem unverzügliche
Hilfe nötig war.

Ich fand ein hungerndes Frauenzimmer, das seit
zwei Tagen nichts gegessen hatte.

Die Sache verhielt sich so: in einem sehr großen,
fast leeren Nachtquartier frug ich ein altes Weib, ob sich
dort sehr Arme befänden, welche nichts zu essen hätten.

Die Alte sann nach und nannte mir zwei, und dann
schien sie wieder nachzusinnen.

— Ja, da liegt sie, sagte sie, nach einem der be-
setzten Winkel blickend. Also diese hier, ich glaube, die
hat wirklich nichts gegessen.

— Ists möglich? Wer ist sie denn?

— Sie war ein liederliches Frauenzimmer ...
jetzt nimmt sie niemand mehr, also hat sie auch nichts.
Die Wirtin hatte Mitleid mit ihr, aber jetzt will sie sie
fortjagen ... Agafja! He, Agafja! schrie die Alte sie an.

Wir traten näher heran, und auf der Schlafbank
erhob sich irgend etwas.

Es war ein halb ergrautes, zerrauftes, wie ein

Skelett mageres Frauenzimmer, nur mit einem schmutzigen, zerfetzten Hemd bekleidet, und mit eigentümlich funkeln- dem und stierem Blick.

Mit stierem Blick sah sie an uns vorbei, tastete mit der magern Hand rückwärts nach dem Leibchen, um die hinter dem zerfetzten schmutzigen Hemd sichtbar gewordene knochige Brust zu bedecken, und sagte in bellendem Ton:

— Was giebts? Was giebts?

Ich frug sie, wovon sie lebe.

Sie verstand mich lange nicht und sagte:

— Ich weiß es selbst nicht . . . man treibt mich von hier fort.

Ich frug sie — ich schäme mich, die Hand sträubt sich, es niederzuschreiben — ich frug sie, ob es wahr sei. daß sie nicht gegessen habe.

Ebenso fieberhaft rasch, stets mich anblickend, sagte sie:

— Gestern habe ich nicht gegessen und heute habe ich nicht gegessen.

Das Aussehen dieses Frauenzimmers rührte mich, doch ganz und gar nicht so, wie es im Hause Ljapinskis der Fall war; dort hatte ich vor Mitleid mit diesen Leuten mich sofort vor mir selbst geschämt . . . hier freute ich mich, daß ich endlich das gefunden hatte, was ich suchte.

Ich gab ihr einen Rubel, und ich entsinne mich, daß ich sehr froh war, daß andere es sahen.

Als die Alte dies sah, bat sie mich ebenfalls um Geld.

Das Geben war mir so angenehm, daß ich, ohne mehr zu untersuchen, ob es nötig sei, etwas zu geben, auch der Alten Geld gab.

Die Alte geleitete mich vor die Thür, und die im

Korridor stehenden Leute hörten, wie sie sich bei mir bedankte.

Wahrscheinlich hatten die Erkundigungen nach dem Elend, die ich anstellte, Erwartungen erweckt, und Einige kamen uns nach.

Im Korridor begannen sie mich um Geld zu bitten.

Unter den Bittenden befanden sich offenkundige Säuferinnen, die in mir ein unangenehmes Gefühl er= weckten; doch nachdem ich einmal die Alte beschenkt hatte, hatte ich kein Recht, dieselbe abzuweisen, und ich begann zu geben.

Während ich die Gaben austeilte, kamen immer mehr hinzu, und in allen Wohnungen entstand eine Aufregung.

Auf den Treppen und in den Galerien erschienen Leute, die mich suchten.

Als ich auf den Hof hinaustrat, lief schnell von einer der Treppen ein Junge herab, sich durch die Menge Bahn brechend.

Er sah mich nicht und sagte rasch:

— Der Agaschka hat er einen Rubel gegeben.

Nachdem er unten angelangt war, schloß der Junge sich dem Haufen an, der hinter mir ging.

Ich trat auf die Straße hinaus; verschiedenerlei Volk ging hinter mir und bat um Geld.

Ich verteilte, was ich an Kleingeld bei mir hatte, und trat in einen offenen Laden, den Kaufmann bittend, mir zehn Rubel zu wechseln.

Und da geschah dasselbe, was im Hause Ljapinskis geschehen war: es entstand ein schrecklicher Wirrwarr.

Alte Weiber, Hofleute, Bauern, Kinder drängten

sich um den Laden, die Hände ausstreckend; ich teilte Gaben aus und frug einige nach ihrem Leben und schrieb sie in mein Notizbuch ein.

Der Kaufmann saß, nachdem er den Pelzkragen seiner Schuba nach innen geschlagen, wie ein Götzenbild da, blickte dann und wann auf die Menge und richtete dann wieder den Blick an ihr vorbei.

Im Hause Ljapinskis entsetzte mich die Armut und Erniedrigung der Leute, und ich fühlte mich daran schuld und fühlte den Wunsch und die Möglichkeit besser zu sein. Jetzt aber brachte genau dieselbe Szene einen völlig andern Eindruck auf mich hervor: ich empfand erstens Abneigung gegen viele von denen, die mich umlagerten, und zweitens Unruhe darüber, was die Kaufleute in den Buden und die Dworniks von mir denken mochten.

Als ich an diesem Tage nach Hause kam, hatte ich kein gutes Gewissen.

Ich fühlte, daß das, was ich gethan hatte, dumm gewesen.

Doch wie es stets im Gefolge eines innern Wirr= warrs der Fall zu sein pflegt, sprach ich viel von dem unternommenen Werk, gleich als ob ich nicht im ge= ringsten am Erfolge zweifelte.

Am andern Morgen begab ich mich allein zu den= jenigen der von mir aufgeschriebenen Leute, welche mir als die bedauernswertesten von allen erschienen waren und denen, wie mir schien, am leichtesten zu helfen war.

Wie ich schon gesagt habe, half ich keinem von diesen Leuten.

Ihnen zu helfen, erschien schwieriger als ich dachte. Sei's nun, weil ich es nicht verstand, oder weil es nicht möglich war — ich reizte sie, brachte aber niemandem wirkliche Hilfe.

Bis zum Schluß-Rundgang war ich mehrmals im Hause Rshanows, und jedesmal ereignete sich ein und dasselbe: mich umringte ein Haufen von bittenden Leuten, in deren Masse ich vollständig verschwand.

Ich fühlte die Unmöglichkeit, irgend etwas zu thun, weil ihrer viel zu viele waren, und darum empfand ich Abneigung gegen sie, weil ihrer so viele waren; aber außerdem nahm auch jeder einzeln nicht für sich ein.

Ich merkte, daß jeder mir eine Unwahrheit oder nicht die volle Wahrheit sage und in mir bloß einen Geldsack sehe, aus dem man Geld hervorziehen könne.

Und sehr oft schien es mir, daß das Geld, das Einer mir auspreßte, seine Lage nicht verbessern, sondern ver= schlechtern werde.

Je öfter ich in diese Häuser ging, in je häufigere Berührung ich mit den dortigen Leuten kam, desto klarer wurde es mir, daß es unmöglich sei, irgend etwas zu= stande zu bringen, doch ich stand trotzdem von meinem Vorhaben nicht ab, bis zum letzten nächtlichen Umgang der Volkszählung.

Ich schäme mich besonders, dieses letzten Umganges zu gedenken.

Bisher war ich allein gegangen, aber diesmal gingen wir zwanzig Mann zugleich.

Um sieben Uhr begannen sich bei mir alle zu ver= sammeln, welche sich an diesem letzten nächtlichen Um= gang beteiligen wollten.

Es waren fast sämtlich mir Unbekannte: Studenten, ein Offizier und zwei meiner Bekannten aus der Gesell=

schaft, welche mit dem landläufigen: c'est très interessant!
mich gebeten hatten, sie unter die Volkszähler aufzunehmen.

Meine Bekannten aus der Gesellschaft hatten sich
dazu eine besondere Kleidung angelegt, eine Art Jäger=
jacken und hohe Reisestiefel, ein Kostüm, in dem sie auf
die Reise, auf die Jagd zu gehen pflegten und das nach
ihrer Meinung zur Fahrt in ein Nachtasyl paßte.

Sie nahmen besondere Notizbücher und eigentümliche
Bleistifte mit. Sie befanden sich in dem besonders er=
regten Zustand, in dem man sich auf die Jagd, zu einem
Duell oder in den Krieg begiebt.

An ihnen konnte man deutlich die Dummheit und
Falschheit unserer Stellung erkennen, aber auch wir
übrigen alle befanden uns in einer ebenso falschen
Stellung.

Vor der Abfahrt fand unter uns eine Beratung
statt, eine Art Kriegsrat darüber, wie, womit man be=
ginnen, wie man sich verteilen solle u. s. w.

Die Beratung war genau so wie in den Beratungen,
Versammlungen und Komiteesitzungen, das heißt jeder
sprach, nicht weil er etwas zu sagen hatte oder zu er=
fahren wünschte, sondern darum, weil jeder nachsann,
was er zu sagen habe, um nicht hinter den anderen zu=
rückzubleiben.

Doch in der ganzen Unterredung gedachte niemand
des Wohlthuns, worüber ich selbst zu allen so oft ge=
sprochen hatte.

So sehr ich mich dessen schämte, fühlte ich doch, daß
es für mich unumgänglich sei, wieder an die Wohlthätig=
keit zu erinnern, das heißt daran, daß man während des
Rundganges auf alle achten und sie notieren solle,

die in elender Lage sind und die wir während des Rundganges finden werden.

Ich schämte mich alleweil, davon zu sprechen, aber
hier, inmitten unserer erregten Vorbereitungen zum Auf-
bruch, war ich kaum imstande es auszusprechen.

Alle hörten mich, wie mir schien, traurig an und
erklärten sich dabei in Worten einverstanden, doch es
war zu merken, daß alle wußten, es werde dabei nichts
herauskommen, und alle begannen sofort wieder von
etwas anderem zu reden.

Das ging so fort, bis es Zeit war, aufzubrechen,
und wir fuhren ab.

Wir kamen zu dem düstern Traktir gefahren und
begannen unsere Mappen auszubreiten. Als man uns
mitteilte, daß das Volk von dem Rundgang Kunde erhalten habe und die Wohnungen verlasse, baten wir den
Hauswirt, das Thor zu schließen, und gingen selbst auf
den Hof hinaus, um den fortgehenden Leuten zuzureden,
sie versichernd, daß niemand sie nach einer Legitimation
fragen werde.

Ich entsinne mich noch des seltsamen und wider-
lichen Eindrucks, den diese aufgeregten Schlafstelleninhaber
auf mich machten: zerlumpt, halb angekleidet, erschienen
sie mir alle groß beim Licht der Laterne im Dunkel des
Hofes; erschreckt, und schrecklich in ihrer Angst, standen
sie in einem Haufen beisammen, hörten unsere Ver-
sicherungen an und glaubten uns nicht, und waren
sichtlich zu allem bereit, wie gehetztes Wild, nur um sich
vor uns zu retten.

Herren verschiedener Art, Polizei-, städtische und
Dorfbeamte, Untersuchungsbeamte und Richter hetzen sie

ihr ganzes Leben lang in den Städten, den Dörfern,
auf den Landstraßen, in den Gassen, in den Wirtshäusern
und Nachtasylen herum, und jetzt waren plötzlich diese
Herren angefahren gekommen und hatten das Thor ge=
schlossen, bloß um sie zu zählen!

Es fiel ihnen so schwer, dies zu glauben, wie es
den Hasen schwer fallen würde, zu glauben, daß die
Hunde gekommen sind, nicht um sie zu jagen, sondern
um sie zu zählen.

Doch das Thor war geschlossen, und die aufgeregten
Schlafstelleninhaber zogen sich zurück; auch wir gingen,
uns in Gruppen teilend.

Bei mir befanden sich die zwei Bekannten aus der
Gesellschaft und zwei Studenten.

Uns voran durch das Halbdunkel ging Wanja in
einem Paletot und weißen Beinkleidern mit einer La=
terne, wir ihm nach.

Wir begaben uns in die mir bekannten Wohnungen.

Die Räumlichkeiten waren mir bekannt, einige Leute
ebenfalls, aber die Mehrzahl der Leute war neu, auch
das Schauspiel war neu und entsetzlich, noch entsetzlicher
als jenes, das ich im Hause Ljapinskis gesehen hatte.

Zwei Wohnungen waren gefüllt, alle Schlafbänke
besetzt, und nicht von einem, sondern häufig von zweien.

Entsetzlich war dieses Schauspiel wegen der Armut,
des Schmutzes, der Zerlumptheit und der Bestürzung
dieses Volkes.

Und hauptsächlich entsetzlich war es wegen der rie=
sigen Menge Menschen, welche sich in dieser Lage befanden.

So war eine Wohnung, und dann eine zweite

ebenso, und eine dritte, eine zehnte, eine zwanzigste, und
es war ihrer gar kein Ende.

Und überall derselbe Gestank, dieselbe Ausdünstung,
das Gedränge, dieselbe Vermischung der Geschlechter, die=
selben bis zur Sinnlosigkeit betrunkenen Männer und
Frauen, und die gleiche Bestürzung und Unterwürfigkeit
und dasselbe Schuldbewußtsein in allen Gesichtern . . .
und ich schämte mich wieder und war schmerzlich be=
rührt wie im Hause Ljapinskis, und ich begriff, daß
das, was ich plante, dumm, garstig und darum un=
möglich war.

Ich notierte niemanden mehr und frug niemanden
aus, da ich einsah, daß dabei nichts herauskommen werde.

Es that mir sehr leid. Im Hause Ljapinskis war
ich wie ein Mensch, welcher zufällig ein schreckliches Ge=
schwür am Körper eines andern Menschen entdeckt hat.
Er bedauert den andern, er schämt sich, weil er ihn nicht
früher bedauert hat, und er kann noch hoffen, dem
Kranken zu helfen . . . aber jetzt war ich wie ein Arzt,
der mit seiner Arznei zu einem Kranken kam, die Wunde
bloßlegte, sie aufriß und sich selbst gestehen mußte, daß
er dies alles vergebens gethan habe, daß seine Arznei
nichts nütze.

Dieser Besuch versetzte meiner Selbstverführung
den letzten Schlag. Es war mir außer Zweifel, daß
das von mir Geplante nicht bloß dumm, sondern auch
garstig sei.

Doch trotzdem ich dies einsah, schien es mir, daß ich
die Sache nicht sofort aufgeben könne . . . es schien mir,
daß ich verpflichtet sei, dieses Unternehmen fortzusetzen,
erstens weil ich durch meinen Artikel, durch meine

Besuche und Versprechungen die Hoffnungen der Armen
erregt hatte, zweitens darum, weil ich gleichfalls durch
meinen Artikel und durch meine Gespräche das Mitgefühl
der Wohlthäter erweckt hatte, von denen mir viele ihre
Unterstützung, sowohl durch persönliche Thätigkeit als
durch Geld, versprochen hatten. Und ich erwartete, daß
die einen wie die anderen sich an mich wenden würden,
um, so wie ich es konnte und kann, darauf zu antworten.

In bezug auf die an mich gerichteten Hilfegesuche
der Notleidenden ereignete sich folgendes:

Briefe und Bittgesuche erhielt ich über hundert.
Diese Gesuche kamen alle von reichen Armen, wenn ich
mich so ausdrücken darf.

Einige von ihnen suchte ich auf, andere ließ ich ohne
Antwort. Nirgends konnte ich etwas thun.

Alle an mich gerichteten Gesuche kamen von Leuten,
die sich einst in privilegierter Stellung befanden (ich
nenne so die Stellung, in welcher die Menschen mehr
von anderen empfangen als geben), dieselbe verloren
hatten und sie aufs neue zu erlangen wünschten.

Der Eine brauchte 200 Rubel, um den Niedergang
seines Geschäftes aufzuhalten und die begonnene Aus=
bildung seiner Kinder zu vollenden, der Zweite einen
photographischen Apparat, der Dritte Bezahlung seiner
Schulden und Auslösung anständiger Kleider, der Vierte
ein Piano, um sich zu vervollkommen und durch Piano=
unterricht seine Familie zu ernähren.

Die Mehrzahl aber bat einfach um Unterstützung,
ohne die nötige Geldsumme anzugeben, wenn man aber
nachforschte, was sie brauchten, da stellte es sich heraus,
daß die Bedürfnisse in gleichem Verhältnis mit der

Unterstützung wuchsen und es keine Befriedigung gab und geben konnte.

Ich wiederhole: es ist sehr leicht möglich, daß dies daher kam, daß ich es nicht verstand, doch ich half niemandem, trotzdem ich mich manchmal bemühte, es zu thun.

Was die Mitwirkung der Wohlthäter betraf, ereignete sich etwas für mich Seltsames und Unerwartetes.

Von allen den Personen, welche mir Geldbeiträge versprochen und bereits die Anzahl Rubel bestimmt hatten, übergab mir nicht ein Einziger zur Verteilung an die Armen auch nur einen einzigen Rubel.

Nach den mir gemachten Versprechungen konnte ich auf etwa dreitausend Rubel zählen, und von allen diesen Leuten erinnerte sich nicht einer der früheren Versprechungen und gab mir nicht eine Kopeke.

Bloß die Studenten gaben das Geld her, das ihnen für ihre Thätigkeit bei der Volkszählung ausgezahlt wurde, mir scheint zwölf Rubel — so daß mein ganzer Plan, der in zehntausenden von Rubeln, die von reichen Leuten geschenkt wurden, in hunderten und tausenden von Men-schen, die aus Armut und Verderbnis gerettet wurden, zum Ausdruck gelangen sollte, darauf hinauslief, daß ich aufs Geradewohl einige Zehnrubelscheine an Leute, die mich darum baten, verteilte, und daß in meinen Händen die von den Studenten gewidmeten zwölf Rubel und jene fünfundzwanzig Rubel blieben, welche mir vom Stadt-rat für meine Direktionsarbeit gesandt wurden und von denen ich entschieden nicht wußte, wem ich sie geben solle.

Das ganze Unternehmen hatte sein Ende erreicht.

Da ging ich, bevor ich mich aufs Land begab, am

Sonntag in der Butterwoche morgens in Rshanows Haus, um vor der Abreise von Moskau mich dieser siebenunddreißig Rubel zu entledigen und sie an die Armen zu verteilen.

Ich besuchte die Bekannten in den Wohnungen und fand dort bloß einen kranken Menschen, dem ich scheint mir fünf Rubel gab.

Sonst konnte ich dort niemandem etwas geben.

Selbstverständlich baten mich viele, aber wie ich sie von Anfang an nicht kannte, so kannte ich sie auch jetzt nicht und beschloß, Iwan Fedotytsch, den Besitzer des Traktirs, zu Rate zu ziehen, wem ich die übrigen zwei= unddreißig Rubel geben solle.

Es war der erste Tag der Butterwoche. Alle waren schmuck und sauber, alle satt und viele schon betrunken.

Im Hofe stand an der Hausecke ein alter Lumpen= händler in zerlumptem Kittel und in Bastschuhen, und indem er in einem Korbe seine Ausbeute durchsah, sor= tierte er auf Haufen Leder, Eisen und anderes Zeug, und sang dazu mit wohlklingender, kräftiger Stimme ein lustiges Lied.

Ich ließ mich mit ihm in ein Gespräch ein.

Er war siebenzig Jahre alt, stand ganz allein, er= nährte sich durch sein Gewerbe eines Lumpenhändlers und beklagte sich nicht, sondern sagte, daß er satt und betrunken sei.

Ich frug ihn nach besonders Not Leidenden. Er geriet in Hitze und erklärte gerade heraus, daß es hier keine Not Leidende gebe, außer Trunkenbolden und Faullenzern, doch da er meine Absicht erfuhr, bat er

mich um ein Fünfkopekenſtück zu einem Gläschen und
lief in die Gaſtſtube.

Auch ich begab mich in die Gaſtſtube zu Iwan Fedotytſch, um ihm die Verteilung des mir übrig geblie-
benen Geldes anzuvertrauen.

Die Gaſtſtube war voll Menſchen. Aufgeputzte betrunkene Mädchen huſchten aus einer Thür in die andere;
alle Tiſche waren beſetzt; es gab ſchon viele Betrunkene,
und in der kleinen Kammer wurde auf der Harmonika
geſpielt und getanzt.

Aus Reſpekt vor mir ließ Iwan Fedotytſch den
Tanz unterbrechen und ſetzte ſich zu mir an einen
freien Tiſch.

Ich ſagte ihm, ob er mir nicht, da er doch ſeine
Inwohner kenne, die Bedürftigen angeben wolle.

Obwohl der gutmütige Iwan Fedotytſch (er iſt
tot, er ſtarb ein Jahr darauf) durch ſein Geſchäft in
Anſpruch genommen war, ſo machte er ſich doch einige
Zeit von demſelben frei, um mir zu Dienſten zu ſein.

Er ſann nach und war ſichtlich unentſchloſſen.
Ein älterer Kellner hörte uns und miſchte ſich in die
Beratung.

Sie begannen Leute Revue paſſieren zu laſſen, von
denen auch ich einige kannte, und ſie konnten ſich nicht
einigen.

— Die Paramonowna, ſchlug der Kellner vor.

— Ja, ſo iſts. Sie haben manchmal nicht zu eſſen.
Doch ſie treiben ſich herum.

— Nun, was denn? Immerhin! ... Nun, Spiridion Iwanowitſch — er hat Kinder. So iſts!

Doch Jwan Fedotytsch hatte auch gegen Spiridion Jwanowitsch Bedenken.

— Die Akulina . . . Doch die erhält schon. Nun da dem Blinden etwas!

Dagegen erklärte ich mich. Jch hatte ihn soeben ge= sehen. Es war ein etwa achtzig Jahre alter Blinder ohne Familie und ohne Verwandte. Er lag betrunken auf den Federkissen eines hohen Bettes, und da er mich nicht sah, schimpfte er in schrecklichem Baß in den ekel= haftesten Ausdrücken auf seine verhältnismäßig junge Lebensgefährtin.

Sie nannten mir noch einen Jungen ohne Hände mit seiner Mutter.

Jch sah, daß Jwan Fedotytsch sich große Mühe gab, namentlich aus Gewissenhaftigkeit, weil er weiß, daß alles, was jetzt gegeben wird, zu ihm ins Traktir kommen wird. Doch ich mußte mich meiner zweiund= dreißig Rubel entledigen, ich drängte, und so gut es ging, auf halb sündhafte Weise verteilten wir sie und gaben sie hin.

Die, welche sie erhielten, waren größtenteils gut gekleidet und man brauchte sie nicht lange zu suchen . . . sie waren hier in der Gaststube.

Der Junge ohne Hände kam in Schaftstiefeln, in rotem Hemd und Weste.

Damit endete meine Thätigkeit als Wohlthäter und ich fuhr fort ins Dorf, aufgebracht, wie dies immer der Fall zu sein pflegt, auf andere deshalb, weil ich selbst eine Dummheit begangen.

Meine Wohlthätigkeit war auf ein Nichts zu= sammengeschmolzen, und hatte völlig ein Ende gefunden, aber der Gang der Gedanken und Empfindungen, den sie in mir erweckte, war nicht nur nicht abgebrochen, sondern die innere Arbeit ging mit verdoppelter Kraft weiter.

Siebentes Kapitel.

Was ging denn vor?

Ich hatte im Dorfe gelebt und dort mit den ländlichen Armen verkehrt. Nicht aus Demut, welche schlimmer als Stolz ist, sondern um die Wahrheit zu sagen, welche zum Verständnis des Ganges meiner Gedanken und Empfindungen unumgänglich nötig ist, bemerke ich, daß ich im Dorfe sehr wenig für die Armen that, doch die mir vorgetragenen Wünsche waren so bescheiden, daß auch dieses Wenige den Leuten Nutzen brachte und um mich eine Atmosphäre der Liebe und Einigung mit den Menschen schuf, inmitten welcher das nagende Bewußtsein der Ungesetzlichkeit meines Lebens sich beruhigen konnte.

Als ich in die Stadt kam, hoffte ich, dort ebenso leben zu können, aber hier stieß ich auf eine Not ganz anderer Art.

Die städtische Not war sowohl weniger wahr, als auch anspruchsvoller und trotziger als die Not auf dem Lande.

Die Hauptsache war, daß ihrer an einer Stelle so viel war, daß sie einen entsetzlichen Eindruck auf mich hervorbrachte.

Was ich im Hause Ljapinskis empfand, brachte mir im ersten Augenblick die ganze Mißgestalt meines Lebens zum Bewußtsein. Diese Empfindung war aufrichtig und sehr stark, doch abgesehen von ihrer Aufrichtigkeit und Stärke war ich anfangs so schwach, daß ich vor dem Umschwung in meinem Leben zurückschreckte, zu dem diese Empfindung mich aufforderte, und mich auf Vergleiche einließ.

Ich glaubte das, was mir alle sagten und was alle sagen seit die Welt steht, daß im Reichtum und Luxus nichts Schlimmes liegt, daß sie von Gott gegeben sind, daß man, indem man das Leben reicher Leute führe, den Notleidenden beistehen könne.

Ich glaubte dies und wollte dies thun.

Und ich schrieb einen Artikel, in dem ich alle reichen Leute zum Beistand aufforderte. Die reichen Leute er= kannten sich alle als moralisch verpflichtet, mir beizu= stimmen, doch sichtlich wünschten sie oder vermochten sie für die Armen weder etwas zu thun, noch ihnen etwas zu geben.

Ich begann die Armen aufzusuchen und erblickte das, was ich durchaus nicht erwartete.

Einerseits sah ich in diesen Diebeshöhlen, wie ich sie nannte, solche Leute, bei denen ich an keine Unterstützung denken konnte, weil sie Arbeitsleute waren, gewöhnt an Arbeit und Entbehrungen, und darum viel fester im Leben standen als ich; andererseits erblickte ich Unglück= liche, denen ich nicht beistehen konnte, weil sie genau solche Leute waren wie ich.

Die Mehrzahl der Unglücklichen, die ich erblickte, war bloß deshalb unglücklich, weil ihnen die Fähigkeit

und die Lust und die Gewöhnung, sich sein Brot zu verdienen, abhanden gekommen war, das heißt ihr Unglück
bestand darin, daß sie genau solche Leute waren wie ich).

Solche Unglückliche, denen man hätte sofort helfen
können, Kranke, Frierende, Hungernde fand ich, abgesehen von der einzigen hungernden Agafja, nirgends. Und
ich erlangte die Überzeugung, daß bei dem großen Ab-
stand zwischen mir und der Lebensweise dieser Leute,
denen ich helfen wollte, es fast unmöglich sei, solche Unglückliche zu finden, weil alle wirkliche Not bereits durch
die Leute selbst, in deren Mitte diese Unglücklichen leben,
gedeckt war, und hauptsächlich überzeugte ich mich, daß
man das unglückliche Leben, das diese Leute führen, nicht
durch Geld ändern könne.

Ich überzeugte mich von alledem, doch aus falscher
Scham vor dem Aufgeben des begonnenen Werkes und
durch meine Wohlthätigkeit mich selbst belügend, setzte
ich das Werk ziemlich lange fort, setzte es so lange fort,
bis es selbst in Nichts zusammenbrach, so daß ich mit
genauer Not so gut es ging mit Hilfe Iwans Fedotytsch
im Traktir des Rshanowschen Hauses mich jener 37
Rubel entledigte, die ich nicht als mein betrachtete.

Schließlich hätte ich das Werk fortsetzen und ihm
einen Schein von Wohlthätigkeit verleihen können; ich
konnte, indem ich jene drängte, die mir Geld versprochen
hatten, mir dasselbe zu übergeben, dieses Geld noch
sammeln, konnte es verteilen und mich an meinem Wohlthun erfreuen, aber ich sah einerseits, daß wir reichen
Leute den Armen einen Teil unseres Überflusses weder
geben wollen noch können (so viele eigene Bedürfnisse
haben wir), und daß auch niemand da sei, dem man

Geld geben könnte, wenn man wirklich Gutes thun und
nicht bloß dem ersten besten Geld austeilen wolle, wie
ich es im Rshanowschen Traktir gethan hatte. Und ich
gab das Unternehmen auf und fuhr mit Verzweiflung
im Herzen nach dem Dorfe.

Im Dorfe wollte ich einen Artikel über alles
schreiben, was ich erfahren hatte, und erzählen, warum
mein Vorhaben nicht gelungen war: ich wollte mich auch
gegen die Vorwürfe rechtfertigen, welche man mir wegen
meines Artikels über die Volkszählung machte, wollte
auch die Gesellschaft in ihrer Gleichgiltigkeit schildern und
die Ursachen nachweisen, welche die städtische Armut er-
zeugen, und die Notwendigkeit, ihr entgegen zu wirken,
und die Mittel dazu, die ich sehe.

Ich begann damals den Artikel zu schreiben, und
es schien mir, daß ich in ihm sehr viel Wichtiges sagen
werde. Doch so sehr ich mir mit ihm Mühe gab, so
konnte ich doch trotz der Reichhaltigkeit des Materials,
trotz des Überflusses an solchem, vor der Aufregung,
unter deren Einfluß ich schrieb, und darum, weil ich
nicht so lange ausgehalten, als nötig war, um mich
richtig zu der Aufgabe zu verhalten, und hauptsächlich
darum, weil ich die Ursache von alledem nicht klar und
deutlich erkannte, eine sehr einfache Ursache, die in mir
selbst lag — konnte ich mit dem Artikel nicht fertig
werden, und so habe ich ihn bis zu diesem Jahr nicht
beendet.

Auf moralischem Gebiet tritt eine wunderbare Erscheinung zu Tage, welche noch viel zu wenig beachtet
worden ist. Wenn ich einem Menschen, der es nicht
kennt, das mitteile, was ich von Geologie, Astronomie,

Geschichte, Physik, Mathematik kenne, wird dieser Mensch vollkommen neue Kenntnisse empfangen und mir nie sagen: „Ja, was ist denn daran Neues? Das kennt jeder und auch ich kenne es längst" — aber teilen Sie irgend einem Menschen die höchste moralische Wahrheit auf die klarste, prägnanteste Art mit, wie sie noch nie ausgedrückt worden ist, so wird jeder gewöhnliche Mensch, besonders ein solcher, der sich für moralische Fragen nicht interessiert oder noch mehr ein solcher, dem die von Ihnen verkün- dete moralische Wahrheit nicht gefällt, unfehlbar sagen: „Ja, wer kennt das nicht? Das ist längst bekannt und gesagt!"

Es scheint ihm wirklich, daß dies längst und nament- lich so gesagt sei.

Bloß jene, denen die moralischen Wahrheiten wichtig und teuer sind, wissen, wie wichtig, wie wertvoll die Aufklärung, die Vereinfachung einer moralischen Wahr= heit ist und durch wie lange Anstrengungen sie erreicht wird — nur sie kennen ihren Übergang von der nebel= haften, unklar erkannten Vermutung, dem Verlangen, von den unklaren, zusammenhanglosen Ausdrücken zum festen und bestimmten Ausdruck, welcher unausweichlich ein entsprechendes Verfahren verlangt.

Wir alle haben uns gewöhnt zu glauben, daß die Sittenlehre die abgeschmackteste und langweiligste Sache ist, die nichts Neues und Interessantes enthalten könne, und doch hat das ganze Menschenleben mit all seiner so mannigfaltigen und komplizierten, scheinbar von der Moral unabhängigen Thätigkeit — sowohl der Regierungs= als der wissenschaftlichen, künstlerischen und Handelsthätigkeit — kein anderes Ziel, als die moralische Wahrheit immer

mehr aufzuklären, zu befestigen, zu vereinfachen und all=
gemein zugänglich zu machen.

Ich erinnere mich, daß ich einst in Moskau durch
eine Gasse ging und vor mir einen Menschen aus einem
Hause herauskommen sah, der aufmerksam die Steine
des Trottoirs musterte, dann einen Stein auswählte, sich
über ihm niederhockte und ihn (wie es mir schien) mit
großer Aufregung und Kraftaufwand zu schaben und zu
reiben begann.

— Was macht er da mit diesem Trottoir? dachte ich.

Als ich dicht an ihn herankam, sah ich was dieser
Mensch machte: es war ein junger Mann aus einem
Fleischerladen; er schliff sein Messer an den Trottoir=
steinen. Er dachte durchaus nicht an die Steine, als er
sie musterte, und noch weniger dachte er an sie, als er
seine Arbeit verrichtete — er schliff sein Messer. Er
mußte sein Messer schärfen, um Fleisch zu schneiden; mir
hatte es geschienen, als ob er etwas über den Trottoir=
steinen mache.

Genau ebenso scheint es, daß die Menschheit mit
dem Handel, mit Verträgen, Kriegen, Wissenschaften,
Künsten beschäftigt sei, und nur eins ist für sie von Wich=
tigkeit, und nur eines thut sie: sie erläutert sich die
moralischen Gesetze, nach denen sie lebt.

Die moralischen Gesetze sind schon vorhanden, die
Menschheit erläutert sich dieselben bloß, und diese Er=
läuterung erscheint nicht wichtig und nicht bemerkbar
dem, der kein Bedürfnis nach einem Moralgesetz hat
und nicht nach demselben leben will. Jedoch diese Er=
läuterung ist nicht bloß die hauptsächlichste, sondern die
einzige Arbeit der ganzen Menschheit. Diese Erläuterung

ist ebenso unbemerkbar wie der Unterschied eines stumpfen
Messers von einem scharfen. Ein Messer ist alleweil ein
Messer, und darum merkt jeder, der mit diesem Messer
nichts zu schneiden hat, den Unterschied des stumpfen vom
scharfen nicht. Für denjenigen, der erkannt hat, daß sein
ganzes Leben von einem mehr oder minder stumpfen
Messer abhängt, für diesen ist jede Schärfung desselben
von Wichtigkeit und er weiß, daß eine solche Schärfung
keine Grenze hat und daß ein Messer erst dann ein
Messer ist, wenn es scharf ist, wenn es das schneidet,
was geschnitten werden muß.

Dies ging mit mir vor, als ich den Artikel zu
schreiben begann. Es schien mir, daß ich alles kann,
alles begreife, was sich auf die Fragen bezog, welche die
Eindrücke des Hauses Ljapinskis und der Volkszählung
in mir geweckt hatten, doch als ich den Versuch machte,
zu ihrer Erkenntnis zu kommen und sie zu erklären,
zeigte es sich, daß das Messer nicht schneide, daß es
nötig sei, es zu schleifen.

Und jetzt erst, nach drei Jahren, fühlte ich, daß mein
Messer so abgeschliffen sei, daß ich damit zerschneiden
kann was ich will. Neues habe ich sehr wenig erkannt.
Meine Gedanken waren sämtlich dieselben, aber sie waren
stumpfer, sie zerstoben alle und stimmten nicht überein;
es war keine Schneide darin. Es stimmte alles nicht
überein zu der einfachsten und klarsten Lösung, wie es
jetzt übereinstimmt.

Ich entsinne mich, daß ich während der ganzen Dauer
meines erfolglosen Versuches, den unglücklichen Stadt=
bewohnern zu helfen, mir selbst wie ein Mensch erschien,
der einen andern aus dem Sumpfe ziehen möchte und

felbft auf eben folchem Moorboden fteht. Alle meine
Anftrengungen brachten mir die Unficherheit des Bodens,
auf dem ich ftand, zum Bewußtfein. Ich fühlte, daß
ich felbft im Sumpfe ftecke, aber diefe Erkenntnis ver=
anlaßte mich damals nicht, genauer unter mich zu fehen,
um zu erkennen, worauf ich ftehe; ich fuchte beftändig
nach einem äußerlichen Mittel, um dem außerhalb mir
befindlichen Übel abzuhelfen.

Ich fühlte damals, daß mein Leben fchlecht fei und
daß man nicht fo leben dürfe, doch daraus, daß mein
Leben fchlecht war und man fo nicht leben dürfe, zog
ich nicht den fo einfachen und klaren Schluß, daß man
feine Lebensweife verbeffern und beffer leben müffe, fon=
dern ich zog daraus den fchrecklichen Schluß, daß ich,
um gut zu leben, die Lebensweife der anderen verbeffern
müffe. Ich lebte in der Stadt und wollte die Lebens=
weife von in der Stadt lebenden Leuten verbeffern, doch
ich überzeugte mich bald, daß ich dies keineswegs aus=
zuführen vermöge, und ich begann über die Eigentüm=
lichkeiten des ftädtifchen Lebens und der ftädtifchen Armut
nachzugrübeln.

Was ift denn eigentlich das ftädtifche Leben und
die ftädtifche Armut?   •

— Warum, frug ich mich, vermochte ich den ftädti=
fchen Armen nicht zu helfen, als ich in der Stadt lebte?

Und ich gab mir zur Antwort, daß ich für fie nichts
thun konnte, erftens, weil ihrer viel zu viel an einem
Orte waren, und zweitens, weil alle diefe Armen ganz
und gar nicht fo waren wie die Armen auf dem Lande.

Weshalb find ihrer hier fo viele und worin befteht
ihr Unterfchied von den Armen auf dem Lande?

Die Antwort war auf beide Fragen dieselbe.

Es sind ihrer hier so viele, weil sich hier um die Reichen alle sammeln, die im Dorfe von nichts zu leben haben, und ihr charakteristisches Merkmal ist, daß sie sämtlich Leute sind, die aus dem Dorfe in die Stadt kamen, um dort ihren Lebensunterhalt zu finden.

Wenn es städtische Arme giebt, welche hier geboren sind, und solche, deren Eltern und Großeltern hier ge= boren wurden, so sind deren Väter und Großväter auch hergekommen, um ihren Lebensunterhalt zu finden.

Was heißt das nun: seinen Lebensunterhalt in der Stadt finden?

In den Worten „in der Stadt seinen Lebensunter= halt finden" liegt, wenn man sich in ihren Sinn hinein= denkt, etwas Sonderbares, einem Scherz Ähnliches. Wie kommen vom Dorfe, das heißt von den Orten, wo es Wälder und Wiesen und Getreide und Vieh, wo es alle Schätze des Bodens giebt, wie kommen von diesen Orten Menschen, um ihren Lebensunterhalt zu suchen, an den Ort, wo es weder Holz, noch Gras, ja selbst Erde nicht giebt, sondern bloß Stein und Staub?

Bedeuten denn diese Worte „seinen Lebensunterhalt in der Stadt finden" — welche so ständig sowohl von denen gebraucht werden, welche ihren Lebensunterhalt finden, als auch von denen, welche ihnen denselben geben — etwas vollkommen Klares und Verständliches?

Ich erinnere mich an all die hunderte und tausende von Stadtleuten — sowohl wohlhabende als bedürftige — mit denen ich über die Ursache ihres Herkommens ge= sprochen, und alle ohne Ausnahme sagen, daß sie vom Dorfe hierher kamen, um hier ihren Lebensunterhalt zu

suchen — daß Moskau nicht säe, nicht ernte, aber gut
lebe — daß in Moskau alles in Hülle und Fülle sei
und daß sie daher bloß in Moskau das Geld erwerben
können, das sie im Dorfe zu Getreide, zu einem Hause,
zu einem Pferde, zu den notwendigsten Gegenständen
brauchen.

Doch im Dorfe ist ja die Quelle allen Reichtums,
dort allein ist der wahre Reichtum: Getreide und Wald
und Pferde und alles. Weshalb also in die Stadt gehen,
um das zu erlangen, was im Dorfe ist? Und weshalb,
was die Hauptsache ist, aus dem Dorfe dasjenige weg=
führen, was den Dorfbewohnern nötig ist — Mehl, Hafer,
Pferde, Vieh?

Hunderte mal habe ich darüber mit in der Stadt
lebenden Bauern gesprochen, und durch die Unterredungen
mit ihnen und durch meine Beobachtungen wurde mir
klar, daß die Ansammlung der Dorfbewohner in den
Städten zum teil deshalb nötig ist, weil sie sich anders
nicht ernähren können, und daß sie zum teil etwas will=
kürliches ist und die städtischen Verlockungen sie heran=
ziehen. Richtig ist, daß die Lage des Bauers eine der=
artige, daß er zur Befriedigung der Bedürfnisse, die im
Dorfe an ihn herantreten, nicht anders zurecht kommen
kann, als indem er das Getreide, das Vieh verkauft,
welche er, wie er weiß, unumgänglich brauchen wird,
und er ist nolens volens gezwungen, in die Stadt zu
gehen, um sein Getreide zurückzukaufen. Doch ist auch
das richtig, daß der verhältnismäßig leichtere Gelderwerb
und die Üppigkeit des Lebens in der Stadt ihn dorthin
ziehen, und unter dem Vorwande, in der Stadt seinen
Lebensunterhalt zu suchen, begiebt er sich dorthin, um

leichtere Arbeit zu haben, aber besser zu essen, dreimal Thee zu trinken, herumzustolzieren und sogar sich dem Trunk zu ergeben und ein liederliches Leben zu führen.

Die Ursache des Einen wie des Andern ist dieselbe: der Übergang der Reichtümer aus den Händen der Produzenten in die der Nichtproduzenten und ihre Anhäufung in den Städten.

Und in der That: wenn der Herbst kommt, sind alle Reichtümer im Dorfe aufgehäuft. Da stellen sich sofort die Bedürfnisse der Steuern, der Rekrutierung, des Grundzinses ein. Sofort zeigen sich die Verlockungen des Branntweins, der Hochzeiten, der Feiertage, der auf den Dörfern herumziehenden Kleinhändler und allerlei andere, und wenn nicht auf diesem, so gehen auf anderem Wege alle diese Reichtümer in den verschiedensten Gestalten — als Schafe, Kälber, Kühe, Pferde, Schweine, Hühner, Eier, Butter, Hanf, Flachs, Roggen, Hafer, Buchweizen, Erbsen, Hanf- und Flachssamen — in die Hände fremder Leute über und werden in die Städte gebracht und aus den Städten in die Hauptstädte.

Der Dorfbewohner ist gezwungen, dies alles zur Befriedigung der Bedürfnisse und Verlockungen hinzugeben, die sich bei ihm eingestellt haben, und nachdem er seine Reichtümer hingegeben, kommt er nicht aus und muß sich dorthin begeben, wohin seine Reichtümer gebracht sind, und dort bemüht er sich zum teil, das Geld zu verdienen, das er für seine Bedürfnisse im Dorfe braucht, zum teil genießt er, verführt durch die Verlockungen der Stadt, zugleich mit den anderen, die angehäuften Reichtümer.

In ganz Rußland, ja, ich glaube nicht allein in

Rußland, sondern in der ganzen Welt geschieht dasselbe.
Die Reichtümer der bäuerischen Produzenten gehen in
die Hände der Händler, der Gutsbesitzer, der Beamten,
Fabrikanten über, und die Leute, welche diese Reichtümer
empfangen, wollen sie genießen. Voll und ganz können
sie dieselben nur in der Stadt genießen. Im Dorfe
kann man erstens wegen der Zerstreutheit der Bevölkerung
schwer die Befriedigung aller Bedürfnisse reicher Leute
finden, es giebt da nicht all die verschiedenen Hand=
werker, Verkaufsläden, Banken, Restaurants, Theater
und öffentliche Vergnügungen aller Art. Zweitens kann
eine der hauptsächlichsten Annehmlichkeiten, welche der
Reichtum gewährt — der Ehrgeiz, das Verlangen, die
Bewunderung anderer zu erwecken und sie an Luxus zu
übertreffen — abermals wegen der Zerstreutheit der Be=
völkerung im Dorfe schwer befriedigt werden. Im Dorfe
giebt es wenig Leute, welche den Aufwand würdigen, da
ist niemand, dessen Bewunderung man erregen könnte.
Was für Verschönerungen seines Hauses, Gemälde,
Bronzen, was für Equipagen, Toiletten der Dorf=
bewohner sich auch anschaffen mag — die Bauern ver=
stehen dies alles nicht.

Und darum sammeln sich die reichen Leute bei ein=
ander und bauen sich bei eben solchen reichen Leuten mit
denselben Bedürfnissen in den Städten an, wo die Be=
friedigung eines jeglichen luxuriösen Geschmacks sorgfältig
durch die Polizei geschützt wird.

Eine solche Stammbevölkerung der Städte sind die
kaiserlichen Beamten; um sie haben sich schon Hand=
werker und Industrielle aller Art niedergelassen, ihnen
reihen sich auch die reichen Leute an. Dem reichen

Menschen braucht dort bloß etwas einzufallen, und er
wird alles haben. Der reiche Mensch lebt dort auch des=
halb angenehmer, weil er dort seinen Ehrgeiz befriedigen
kann, weil er dort Leute hat, denen er es an Luxus
gleichthun kann, Leute, deren Staunen er erregt und
solche, die er verdunkelt. Hauptsächlich befindet sich der
reiche Mensch aber deshalb in der Stadt besser, weil er
sich früher im Dorfe wegen seines Luxus unbehaglich und
belästigt fühlte, jetzt aber es ihm unbequem ist, nicht
luxuriös zu leben, nicht so zu leben wie alle Leute
gleichen Ranges um ihn herum. Das was ihm im
Dorfe seltsam und unbequem erschien, das scheint ihm
jetzt so sein zu müssen.

Doch die armen Leute gehen nicht des Verstandes
verlustig deshalb, weil sie arme Leute sind, und sie ur=
teilen auf ein Haar so wie wir. Wie bei der Nachricht,
daß irgend jemand zehn, zwanzig, tausend Rubel ver=
spielt, durchgebracht hat, mein erster Gedanke ist, was
für ein dummer und elender Mensch das sei, der nutzlos
eine solche Summe durchgebracht hat, und wie ich dieses
Geld hätte zu einem mir längst nötigen Bau, zur Ver=
besserung der Wirtschaft u. s. w. verwenden können, ge=
nau so denken auch die Armen, wenn sie sinnlos ver=
schleuderte Reichtümer vor sich sehen, und um so dringender
denken sie daran, daß sie dieses Geld nicht zu irgend einer
Phantasie, sondern zur Befriedigung täglicher Bedürfnisse
brauchen, die sie oft nicht befriedigen können. Wir sind
in einem großen Irrtum befangen, wenn wir glauben,
daß die Armen imstande sind, so zu denken und gleich=
giltig auf den sie umgebenden Luxus zu blicken.

Im dritten Jahre nahmen wir vom Dorfe einen

Bauernjungen unter die Buffetdiener auf. Er vertrug
sich nicht mit dem Lakai und wurde entlassen. Er trat
in die Dienste eines Kaufmanns, gefiel seinem Herrn
und geht jetzt in einer Weste mit Uhrkette und eleganten
Stiefeln einher.

An seine Stelle nahmen wir einen andern Bauer
auf, einen verheirateten; er ergab sich dem Trunk und
vergeudete Geld; wir nahmen einen dritten — er be=
gann zu trinken, und nachdem er alles vom Leibe ver=
trunken hatte, führte er lange Zeit ein elendes Dasein
im Nachtasyl.

Der alte Koch wurde in der Stadt ein Trinker und
erkrankte. Ein Lakai, der früher eine Zeit lang stark
getrunken und im Dorfe fünf Jahre sich des Branntweins
enthalten hatte, ergab sich im vorigen Jahre in Moskau,
wo er ohne sein Weib lebte, das ihn stützte, dem Trunk
und ruinierte sein ganzes Leben.

Ein junger Bursch aus unserem Dorfe befindet sich
unter den Buffetdienern bei meinem Bruder. Sein
Großvater, ein blinder Greis, kam zu mir in meine
Wohnung auf dem Lande und bat mich, dem Enkel zu=
zureden, daß er zehn Rubel zu der Steuer schicke, ohne
die man eine Kuh verkaufen müßte. „Alleweil spricht
er: Ich muß mich anständig kleiden,“ sagte der Alte.
„Nun, er hat sich Stiefel angeschafft, und damit genug;
aber will er sich etwa eine Uhr anschaffen?“ sagte der
Großvater, mit diesen Worten die unvernünftigste Ab=
sicht ausdrückend, die man nur hegen konnte. Es war
wirklich eine unvernünftige Absicht, wenn man weiß, daß
der Alte während der ganzen Fastenzeit ohne Öl gelebt
hatte und daß ihm das bezeichnete Holz verloren geht,

weil er die restierenden ein Rubel zwanzig Kopeken nicht
bezahlen kann; aber es zeigte sich, daß der unvernünftige Scherz des Alten der Wirklichkeit entsprach. Der
Junge kam zu mir in einem feinen schwarzen Paletot,
in Stiefeln, für welche er acht Rubel bezahlt hatte. Vor
einigen Tagen hatte er sich von meinem Bruder zehn
Rubel geben lassen und sie zum Ankauf der Stiefel ver-
wendet. Und meine Kinder, welche den Jungen von
Kindheit an kennen, teilten mir mit, daß er die An-
schaffung einer Uhr wirklich für eine unumgängliche Notwendigkeit halte. Er ist ein sehr guter Junge, aber er
ist der Meinung, daß er werde ausgelacht werden, solange er keine Uhr besitzen wird. Und er braucht die Uhr.

In diesem Jahre ließ sich das Stubenmädchen, ein
Mädchen von achtzehn Jahren, bei uns im Hause in ein
Verhältnis mit dem Kutscher ein. Sie wurde entlassen.
Die alte Kinderfrau, mit der ich von dieser Unglücklichen
sprach, erinnerte mich an ein Mädchen, das ich vergessen
hatte. Sie hatte sich auch vor zehn Jahren während unseres kurzen Aufenthaltes in Moskau in ein Verhältnis
mit dem Lakai eingelassen. Sie wurde auch entlassen und
endete in einem liederlichen Hause und starb, noch nicht
zwanzig Jahre alt, im Krankenhause an Syphilis.

Man braucht bloß um sich zu blicken, um mit Ent-
setzen vor der Verderbnis erfüllt zu werden, welche wir —
von den Fabriken und Werken, welche unserem Luxus
dienen, erst gar nicht zu reden — unmittelbar durch
unser luxuriöses Leben in der Stadt unter denselben
Leuten verbreiten, denen wir dann helfen wollen.

Achtes Kapitel.

Zu demselben Schluße gelangte ich von einer völlig
andern Seite. Indem ich über alle meine Beziehungen
zu den städtischen Armen in dieser Zeit nachsann, er=
kannte ich, daß eine der Ursachen, weshalb ich den
städtischen Armen nicht helfen konnte, die war, daß die
Armen nicht aufrichtig und wahr gegen mich waren.
Alle betrachteten mich nicht als einen Menschen, sondern
als ein Mittel. Ich vermochte nicht in nähere Verbin=
dung mit ihnen zu treten. Vielleicht, dachte ich, verstand
ich es nicht — doch ohne Rechtlichkeit war eine Hilfe
nicht möglich. Wie soll man einem Menschen helfen,
der nicht seine ganze Lage mitteilt?

Ich machte dies anfangs ihnen zum Vorwurf (das
ist so eine Eigenheit, dem andern Vorwürfe zu machen),
doch ein Wort eines beachtenswerten Menschen, Sjutajews,
der um diese Zeit bei mir zu Gaste war, klärte mir die
Sache auf und zeigte mir, was die Ursache meines Miß=
erfolges war.

Ich erinnere mich, daß auch damals das von
Sjutajew ausgesprochene Wort mich sehr betrübte, aber
seine volle Bedeutung begriff ich erst in der Folge. Es
war in der vollen Hitze meiner Selbsttäuschung. Ich
saß bei meiner Schwester, und bei ihr befand sich auch
Sjutajew, und die Schwester pries mich wegen meines
Unternehmens. Ich erzählte ihr, und wie dies immer
zu sein pflegt, wenn man nicht an sein Werk glaubt,
erzählte ich mit großer Begeisterung, mit Feuer und
vielen Worten auch das, was ich thun, und das, was
daraus entstehen könne: ich sprach davon, wie wir aller

Armut in Moskau nachforschen werden, wie wir die
Waisen, die alten Leute pflegen, die hier verarmten Land-
leute fortschicken, den Gefallenen den Weg zur Besserung
erleichtern werden — wie es, wenn uns dies Unternehmen
gelinge, in Moskau keinen Menschen geben werde, der
nicht Hilfe fände. Die Schwester stimmte mir bei und
wir sprachen. Mitten in der Unterhaltung sah ich Sjutajew an. Da ich sein christliches Leben und die Bedeutung kannte, welche er der Wohlthätigkeit zuschrieb,
erwartete ich von ihm Zustimmung und sprach so, daß
er mich verstehe; ich sprach zur Schwester und richtete
meine Rede mehr an ihn. Er saß unbeweglich in seinem
schwarzgegerbten Schafpelz, den er wie alle Bauern im
Hofe und in der Stube trug, und schien nicht auf uns
zu hören, sondern über seine Angelegenheiten nachzusinnen.
Seine Äuglein glänzten nicht, sondern waren gleichsam
in sich selbst gekehrt. Nachdem ich mich satt gesprochen,
wandte ich mich an ihn mit der Frage, wie er darüber denke?

— Ja, das ist alles dummes Zeug, sagte er.

— Weshalb?

— Ja, Euer ganzer Einfall ist falsch, und es wird
nichts gutes dabei herauskommen, sagte er in über-
zeugungsvollem Ton.

— Wieso wird nichts herauskommen? Warum ist
es dummes Zeug, wenn wir tausenden oder auch nur
hunderten Unglücklicher helfen werden? Ist es etwa
schlecht, dem Evangelium gemäß den Nackten zu kleiden,
den Hungrigen zu sättigen?

— Ich weiß, ich weiß, aber das thuet Ihr nicht.
Ist es etwa möglich, so zu helfen? Du gehst, und ein

Mensch bittet Dich um zwanzig Kopeken. Du giebst sie
ihm. Ist dies etwa ein Almosen? Gieb Du ein geistiges
Almosen, belehre ihn; und was hast Du denn hier ge=
geben? Das heißt bloß: bleib mir vom Halse!

— Nein, darauf kommt es uns ja nicht an. Wir
wollen die Not kennen lernen und dann auch mit Geld
und durch die That helfen . . . auch Arbeit finden.

— So werdet Ihr für diese Leute nichts zustande
bringen.

— Also wie denn, sie sollen also so vor Kälte und
Hunger sterben?

— Weshalb denn sterben? Ja, sind ihrer denn
viele da?

— Wie? Ob ihrer viele sind? sagte ich, da ich dachte,
daß er es leicht nehme, weil er nicht wisse, wie ungeheuer
die Masse dieser Leute sei. Ja, weißt Du es denn? Es
giebt in Moskau dieser Hungernden und Frierenden,
glaube ich, zwanzigtausend. Und in Petersburg und in
den anderen Städten?

Er lächelte.

— Zwanzigtausend! . . . Und wie viel Bauernhöfe
giebt es bei uns im alleinigen Rußland? . . . Es wird
ihrer eine Million sein?

— Nun, also was?

— Was?

Und seine Augen blitzten auf und er wurde lebhaft.

— Nun, wir wollen sie der Reihe nach prüfen! Ich
bin nicht reich, aber ich nehme sofort zwei zu mir. Da
hast Du den Kleinen in die Küche genommen; ich lud
ihn ein, zu mir zu kommen, er ging nicht. Laß es noch
zehnmal mehr sein, wir werden sie alle nach einander

durchnehmen. Du wirst welche aufnehmen, und ich werde welche aufnehmen. Wir werden zusammen arbeiten gehen; er wird sehen, wie ich arbeite, wird lernen, wie er leben soll, und wir werden uns zusammen am selben Tisch zur Schüssel setzen, und er wird mich reden hören, wie auch Dich. Das ist ein Almosen, aber diese Eure Genossenschaft ist ganz und gar dummes Zeug.

Das schlichte Wort machte mich stutzig.

Ich konnte nicht umhin, seine Billigkeit zu erkennen; es schien mir damals, daß, abgesehen von der Richtigkeit desselben, immerhin auch das, was ich unternommen hatte, nützlich sein könne. Doch je weiter ich das Unternehmen fortführte, je mehr ich mit den Armen zusammenkam, um so öfter kam mir jenes Wort ins Gedächtnis und eine umso größere Bedeutung erhielt es für mich.

In der That ... ich komme im teuern Pelz gegangen oder komme mit meinem Pferd angefahren oder Einer, welcher Stiefel braucht, sieht meine Wohnung für zweitausend Rubel; er sieht vielleicht bloß, daß ich sofort, ohne Bedauern fünf Rubel hingab, nur darum, weil es mir so in den Sinn kam; ja doch, er weiß, daß, wenn ich so die Rubel hingebe, dies bloß deshalb geschieht, weil ich ihrer so viel angehäuft, daß ich viele überflüssige besitze, welche ich nicht nur niemandem gab, sondern sie leicht anderen abnahm . . . .

. . . .

Ich begann die Angelegenheit noch von einer dritten, rein persönlichen Seite zu untersuchen.

Unter den Erscheinungen, welche mich zur Zeit meiner Wohlthäter-Wirksamkeit besonders stutzig machten,

befand ſich noch eine außerſt ſeltſame, für die ich lange
keine Erklärung finden konnte.

Es handelte ſich um folgendes: jedesmal, wenn ich
in die Lage kam, auf der Straße oder zu Hauſe einem
Armen, ohne mich in eine Unterredung mit ihm einzu=
laſſen, irgend eine kleine Münze zu geben, ſah ich —
oder glaubte zu ſehen — Zufriedenheit im Antlitz des
Armen, und empfand ſelbſt bei dieſer Art von Wohl=
thätigkeit ein angenehmes Gefühl. Ich ſah, daß ich das
that, was der Menſch von mir begehrte und erwartete;
doch wenn ich mich bei dem Armen aufhielt und ihn
teilnahmsvoll über ſein früheres und jetziges Leben aus=
fragte, mehr oder weniger in die Einzelheiten ſeines
Lebens eindrang, da fühlte ich, daß es ſchon nicht mehr
angehe, drei oder zwanzig Kopeken zu geben, und ich
begann das Geld im Geldbeutel durchzuwühlen, im
Zweifel, wie viel ich geben ſolle, gab immer mehr und
ſah ſtets, daß der Arme unzufrieden von mir fortging.

Wenn ich noch mehr mit den Armen in Verkehr
trat, da wurden meine Bedenken, wie viel ich geben ſolle,
noch größer, und ſo viel ich auch geben mochte, der
Arme wurde immer mürriſcher und unzufriedener.

Als allgemeine Regel ſtellte es ſich ſtets heraus,
daß, wenn ich nach der Annäherung an den Armen drei
Rubel und mehr gab, faſt ſtets in ſeinem Geſicht ein
finſterer Ausdruck, Unzufriedenheit, ſogar Zorn ſich aus=
prägte, und es kam vor, daß er nach Empfang von zehn
Rubeln fortging, indem er nicht einmal „ich danke"
ſagte, gleich als ob ich ihn gekränkt hätte. Und dabei
war mir ſtets unbehaglich zu Mute, ich ſchämte mich
und fühlte mich ſtets ſchuldig.

Wenn ich Wochen, Monate, Jahre lang für einen Armen sorgte und ihm half und meine Ansichten ihm auseinander setzte und ihm näher trat, da wurde das Verhältnis zu ihm zu einer Qual, und ich sah, daß der Arme mich verachte. Und ich fühlte, daß er im Rechte war.

Wenn ich auf der Straße gehe und er unter den anderen vorbei Gehenden und vorbei Fahrenden um drei Kopeken bittet, da bin ich für ihn ein guter vorbei Gehender, ein solcher, der ihm den Faden spendet, aus dem das Hemd für den Nackten zusammengesetzt wird; er erwartet nichts außer dem Faden, und wenn ich ihm diesen gebe, dankt er mir herzlich. Doch wenn ich mich bei ihm aufhielt, mich mit ihm wie mit einem Menschen in ein Gespräch einließ, ihm zeigte, daß ich mehr sein wolle als ein vorbei Gehender, wenn er, wie dies oft geschah, in Thränen ausbrach, indem er mir sein Leid mitteilte, da sieht er in mir nicht mehr den vorbei Gehenden, sondern das, als was ich angesehen werden will: den guten Menschen. Wenn ich ein guter Mensch bin, da kann meine Güte weder bei einem Zwanzig= kopekenstück, noch bei zehn Rubel, noch bei hundert Rubel Halt machen.

Ich nehme an, daß ich ihm viel gegeben, ihn ge= kleidet, ihm emporgeholfen habe, so daß er ohne fremden Beistand leben konnte, doch, was immer die Ursache da= von sein möge, sei es Unglück oder seine Schwäche, seine Lasterhaftigkeit — er besitzt abermals weder den Pale= tot, noch die Wäsche, noch das Geld, das ich ihm ge= geben habe, er ist wieder hungrig und friert, und er kam abermals zu mir — weshalb weise ich ihn ab? Und wenn er zwanzigmal alles vertrunken hat, was Ihr ihm

gegeben habt, und er wieder friert, dann könnt Ihr,
wenn Ihr ein guter Mensch seid, nicht umhin, ihm noch
zu geben, könnt Ihr nie aufhören, ihm zu geben, wenn
Ihr mehr besitzet als er. Und wenn Ihr zurückweichen
würdet, so würdet Ihr dadurch zeigen, daß Ihr alles,
was Ihr gethan, nicht deshalb gethan, weil Ihr ein
guter Mensch seid, sondern weil Ihr Euch vor den
Leuten, vor ihm als guter Mensch zeigen wollet. Und
daher empfand ich eine quälende Scham vor solchen
Leuten, mit denen ich abbrechen mußte, denen zu geben
ich aufhören und dadurch dem Wohlthun entsagen mußte.

Was war das für eine Scham? . . . Diese Scham
empfand ich in Ljapinskis Hause, und früher und nach=
her im Dorfe, wenn ich in die Lage kam, Armen Geld
oder irgend etwas zu geben, und auf meinen Wande=
rungen bei den städtischen Armen. Ein mir vor kurzem
vorgekommener Fall dieser Scham mahnte mich lebhaft
daran und führte mich zur Erklärung der Ursache der
Scham, die ich empfand, wenn ich Armen Geld gab.

Dieser Fall war der folgende: Ich habe schon von
zwei Bauern gesprochen, mit denen ich im dritten Jahre
Holz sägte. Einst ging ich am Sonnabend abends in
der Dämmerung zugleich mit ihnen in die Stadt. Sie
gingen zum Arbeitgeber, um ihren Lohn in Empfang zu
nehmen. Als wir zur Dragomilowschen Brücke kamen,
begegneten wir einem alten Mann. Er bat uns um ein
Almosen, und ich gab ihm zwanzig Kopeken. Ich gab
sie ihm und dachte daran, welchen Eindruck dies auf
Ssemjon machen werde. Ssemjon, der Bauer aus
Wladimir, welcher in Moskau Frau und zwei Kinder
hatte, schlug ebenfalls den Vorderteil des Kaftans zurück

und holte den Geldbeutel hervor, und aus dem Geld-beutel zog er, nachdem er darin herumgesucht, ein Drei-kopekenstück heraus, gab es dem alten Mann und ver-langte, er solle zwei Kopeken herausgeben. Der Alte wies auf der Hand zwei Dreikopekenstücke und eine Ko-peke vor. Ssemjon sah sie an, wollte die eine Kopeke nehmen, überlegte es sich aber dann, nahm die Mütze ab, bekreuzte sich und ging weiter, die drei Kopeken dem Alten überlassend.

Ich kannte die ganzen Vermögensverhältnisse Ssem-jons. Er besaß kein Haus und hatte keinerlei Eigentum. An dem Tage, an dem er die drei Kopeken hingab, hatte er sechs Rubel fünfzig Kopeken zusammengebracht. Folg-lich waren sechs Rubel fünfzig Kopeken seine ganzen Er-sparnisse. Meine Ersparnisse betrugen annähernd, sechs-hunderttausend Rubel. Ich hatte Frau und Kinder, Ssemjon hatte Frau und Kinder. Er war jünger als ich und hatte weniger Kinder, aber seine Kinder waren klein, ich hatte schon zwei im arbeitsfähigen Alter, so daß unsere Lage, außer den Ersparnissen, gleich war; mit Verlaub — meine war sogar etwas vorteilhafter. Er gab drei Kopeken, ich gab zwanzig. Was gab er und was gab ich? Was hätte ich geben müssen, um so viel zu leisten, wie Ssemjon geleistet hatte? Er besaß sechs Rubel fünfzig Kopeken; er gab davon eine und dann noch zwei. Ich besaß sechshunderttausend Rubel. Um soviel zu geben wie Ssemjon, mußte ich dreitausend Rubel geben und mir zweitausend herausgeben lassen, und wenn nicht herausgegeben werden konnte, mußte ich auch diese zwei-tausend dem Alten überlassen, mich bekreuzen und weiter gehen, ruhig darüber redend, wie die Leute in Fabriken

7*

leben und was auf dem Smolenski Markte eine kleine
Leber koste.

Ich dachte damals darüber nach, doch erst lange
nachher war ich imstande, aus diesem Vorfall den
Schluß zu ziehen, der sich unausweichlich daraus ergiebt.
Dieser Schluß scheint so ungewöhnlich und seltsam, daß
man trotz seiner mathematischen Unbestreitbarkeit Zeit
braucht, um sich an ihn zu gewöhnen. Alleweil scheint
es, daß da ein Fehler vorhanden sein müsse, aber es ist
kein Fehler vorhanden. Es ist bloß die schreckliche
Finsternis der Verirrungen vorhanden, in der wir leben.

Ja, bevor ich Gutes thun kann, muß ich außerhalb
des Bösen stehen, unter solchen Bedingungen, unter denen
man aufhören kann, Böses zu thun. Aber mein ganzes
Leben ist ein Übel. Ich gebe hunderttausend und komme
noch immer nicht in die Lage, in der man Gutes thun
kann, weil mir noch fünfhunderttausend übrig bleiben.
Erst wenn ich nichts mehr haben werde, werde ich im=
stande sein, Gutes zu thun, wenn auch nur etwas ge=
ringfügiges, etwa das, was die Prostituierte vollbrachte,
indem sie drei Tage die Kranke und ihr Kind pflegte.
Und mir schien dies wenig zu sein! Und ich wagte es,
an Wohlthaten zu denken! Das, was sich mir von An=
fang an beim Anblick der Hungernden und Frierenden
beim Hause Ljapinskis ergab, namentlich daß ich daran
schuld sei, und daß man so, wie ich lebe, nicht leben
dürfe, nicht dürfe, nicht dürfe — das allein war
richtig. . . . .
. . . .

Mühsam war ich zu dieser Erkenntnis gelangt, aber
nachdem ich sie erlangt hatte, entsetzte ich mich vor der

Verirrung, in der ich lebte. Ich stand bis an die Ohren im Kot und wollte andere aus dem Kot herausziehen.

In der That, was will ich? Ich will anderen Gutes erweisen, will es zustande bringen, daß Menschen nicht hungern und frieren, daß die Menschen so leben können, wie es sich für Menschen geziemt.

Wer bin denn ich, der den Menschen helfen will? Ich will den Menschen helfen, und ich, der ich um zwölf Uhr nach Kartenspiel bei vier Kerzen mich erhoben habe, erschlafft, verwöhnt, der Hilfe und der Dienste von hunderten Menschen bedürftig, ich komme, um wem zu helfen? Leuten, welche um fünf Uhr aufstehen, auf Brettern schlafen, von Kohl und Brot leben, zu pflügen, zu mähen, ein Beil am Stiel zu befestigen, Holz zu behauen, anzuspannen, zu nähen verstehen — Leute, die sowohl an Kraft als an Ausdauer und Geschicklichkeit stärker sind als ich, und ich komme, ihnen zu helfen! Was konnte ich denn anderes empfinden als Scham, als ich mit diesen Leuten in Verkehr trat? Der Schwächste unter ihnen — der Trunkenbold, der Bewohner des Hauses Rshanows, der, den sie einen Tagedieb nennen — war hundertmal fleißiger als ich.

Und diesen Leuten will ich helfen? Ich will Armen helfen? Ja, wer ist denn arm? Ärmer als ich ist nicht Einer. Ich bin ganz erschlafft, ein zu gar nichts tauglicher Parasit, der nur unter ganz ausnahmsweisen Bedingungen bestehen kann, der nur dann bestehen kann, wenn tausende von Menschen sich um die Erhaltung dieses niemandem unentbehrlichen Lebens bemühen werden. Und ich, die Laus, welche das Blatt des Baumes

anfrißt, will das Wachstum und die Geſundheit dieſes
Baumes fördern und will ihn heilen.

Überraſchend iſt nicht, daß ich niemandem half und
Scham empfand, ſondern überraſchend iſt, daß ein ſolcher
unſchöner Gedanke in mir rege werden konnte. Jene
Frau, welche den kranken Greis bediente, half ihm; die
Frau, welche ein Stück von ihrem der Erde abgerungenen
Brot abſchnitt, half dem Bettler; Sjemjon, der drei er-
arbeitete Kopeken hingab, half dem Bettler, weil dieſe
drei Kopeken thatſächlich ſeine Arbeit darſtellten — ich
aber diente niemandem, arbeitete für niemanden, und
ich weiß wohl, daß mein Geld nicht meine Arbeit darſtellt.

Und ich fühlte, daß im Gelde, im bloßen Gelde, in
ſeinem Beſitz etwas unmoraliſches liegt, und ich frug
mich, was denn das Geld eigentlich ſei?

. . . .

Ich wundere mich ſtets über die oft wiederholten
Worte: „Ja, der Theorie nach iſt das ſo, aber wie iſt
es in der Praxis?" Genau ſo als ob dieſe Theorie aus
irgend welchen ſchönen Worten beſtände, die man zur
Begeiſterung brauche, aber nicht dazu, daß die ganze
Praxis, d. i. alle Thätigkeit unumgänglich auf ſie ſich
gründe. Es müßte in der Welt entſetzlich viel dumme
Theorien geben, wenn eine ſolche überraſchende Beurtei-
lung üblich geworden wäre. Die Theorie iſt ja das,
was der Menſch über einen Gegenſtand denkt, und die
Praxis das, was er thut. Wie iſt es möglich, daß der
Menſch dächte, es ſei nötig, ſo zu handeln, und thäte
das Gegenteil? Wenn die Theorie des Brotbackens
darin beſteht, daß man es erſt kneten und dann hinein-
ſetzen muß, ſo kann außer einem Verrückten niemand,

der die Theorie kennt, das Gegenteil thun. Aber bei uns ist es Mode geworden, zu sagen, daß das die Theorie ist, aber wie ist es in der Praxis?

Bei dem Gegenstand, der mich beschäftigte, bestätigte sich was ich stets gedacht, daß die Praxis unumgänglich aus der Theorie hervorgehe, und nicht, daß sie dieselbe rechtfertige, sondern auch nicht anders sein könne, daß ich, wenn ich das Werk begriffen habe, über das ich nachsann, es auch nicht anders ausführen kann als wie ich es begriffen habe.

Ich wollte den Armen bloß deshalb helfen, weil ich Geld habe, und ich teilte den allgemeinen Wahn, daß das Geld der Vertreter der Arbeit oder überhaupt etwas Gutes sei, doch nachdem ich begonnen hatte, dieses Geld zu geben, ersah ich, daß Geld an und für sich nichts Gutes, sondern offenbar ein Übel sei, welches die Men=schen des hauptsächlichsten Heils der Arbeit und des Ge=nusses dieser Arbeit beraubt, und daß ich dieses Heil niemandem zuwenden könne, weil ich selbst desselben be=raubt sei: bei mir giebt es keine Arbeit und das Glück nicht, aus meiner Arbeit Nutzen zu ziehen.

Es könnte scheinen, was denn in dieser abschweifen=den Erörterung dessen, was Geld ist, besonderes sei? Doch diese Erörterung, welche von mir nicht wie eine Erörterung wegen der Erörterung, sondern darum an=gestellt wurde, um die Frage meines Lebens, meines Leidens zu lösen — sie war für mich die Antwort auf die Frage: was thun?

Sobald ich begriffen hatte, was der Reichtum, was das Geld ist, so wurde es mir nicht bloß klar und un=bezweifelbar, was alle anderen thun müssen, weil sie

dies unausweichlich thun werden. Ich begriff in seinem
Wesen das, was ich von langer Zeit her kannte, jene
Wahrheit, welche den Menschen seit den ältesten Zeiten
übermittelt wurde, sowohl durch Buddha, als durch Je=
saias und Laotsi und Sokrates, und die besonders klar
und unbezweifelbar uns durch Jesus Christus und seinen
Vorläufer Johannes den Täufer übermittelt wurde.

Johannes der Täufer erwiderte auf die Frage der
Leute: „Was sollen wir thun?" einfach, kurz und klar:
„Wer zwei Kleider hat, der gebe dem, der keines hat,
und wer Speise hat, thue dasselbe." (Luc. III., 10, 11.)
Dasselbe und noch mit größerer Klarheit sagte auch
mehrmals Christus. Er sagte: Selig sind die Armen,
und wehe den Reichen. Er verbot seinen Schülern, nicht
bloß Geld, sondern zwei Kleider zu nehmen. Er sagte
dem reichen Jüngling, daß er nicht in das Reich Gottes
eingehen könne, weil er reich sei, und daß eher ein Ka=
mel durch ein Nadelohr gehe, als ein Reicher in das
Himmelreich. Er sagte, daß wer nicht alles verlasse, so=
wohl sein Haus als seine Kinder und seine Felder —
daß dieser nicht sein Schüler sei. Er erzählte auch ein
Gleichnis von dem Reichen, der nichts Böses gethan
hatte, so wie auch unsere Reichen, und sich nur gut klei=
dete und gut aß und trank und nur dadurch seine Seele
zu grunde richtete — und von dem armen Lazarus, der
nichts Gutes gethan, der aber bloß deshalb gerettet
wurde, weil er ein Bettler war.

Diese Wahrheit war mir längst bekannt, doch die
lügenhaften Lehren der Welt hatten sie mir verborgen,
und sie wurde für mich namentlich zu einer Theorie in
dem Sinne, den man diesem Wort zu geben liebt,

b. i. mit leeren Worten — doch sobald es mir gelungen war, in meiner Erkenntnis die Sophismen der weltlichen Lehre zu lösen, verschmolz die Theorie mit der Praxis, und die Wirklichkeit meines Lebens und des Lebens aller Menschen war die unausbleibliche Folge. Ich begriff, daß ein Mensch außer dem Leben zu seinem eigenen Wohl unvermeidlich verpflichtet sei, auch dem Wohl der anderen Menschen zu dienen; daß — wenn man der Tierwelt einen Vergleich entnehmen will, wie dies einige Leute gern thun, indem sie die Gewalt und den Kampf verteidigen durch den Kampf ums Dasein — man diesen Vergleich den gesellig lebenden Tieren, z. B. den Bienen entnehmen müsse, und daß daher der Mensch, ohne mehr von der in ihn gepflanzten Liebe zum Nächsten zu reden, sowohl durch den Verstand als durch seine Natur selbst berufen sei, anderen Menschen und dem allgemeinen menschlichen Ziel zu dienen. Ich begriff, daß dies ein Naturgesetz des Menschen sei, bei welchem allein er seine Bestimmung erfüllen und dadurch glücklich sein könne. Ich begriff, daß dieses Gesetz dadurch verletzt wurde und verletzt wird, daß die Menschen sich von der Arbeit befreien und sich die Arbeit anderer zu Nutzen machen, indem sie diese Arbeit nicht dem gemeinsamen Ziele, sondern der persönlichen Befriedigung wachsender Begierden zulenken und ebenso wie die Räuberinnen unter den Bienen dadurch zu grunde gehen.

Als ich noch Sklavenhalter war, Leibeigene besaß und die Unmoralität dieser Lage erkannte, bemühte ich mich zugleich mit anderen Leuten, welche damals dasselbe erkannten, mich aus dieser Lage zu befreien. Meine Befreiung bestand darin, daß ich, da ich sie für unmora-

lisch hielt, bis zu der Zeit, solange ich mich nicht völlig
aus dieser Lage befreien konnte, mich bemühte, meine
Rechte als Sklavenhalter so wenig als möglich geltend
zu machen und so zu leben und die Leute so leben zu
lassen, als ob diese Rechte nicht beständen, und zugleich
mit allen Mitteln den anderen Sklavenhaltern die Ungesetzlichkeit und Unmenschlichkeit ihrer vermeintlichen
Rechte zum Bewußtsein zu bringen. Dasselbe kann ich
nicht umhin jetzt inbetreff der jetzigen Sklaverei zu thun.

Das Interesse an der Sklaverei seitens des Sklaven-
halters besteht in der Ausnutzung fremder Arbeit, gleichgiltig ob die Sklaverei sich auf mein Recht, auf den
Sklaven oder meinen Grundbesitz oder auf Geld gründet.
Und darum wird, wenn ein Mensch die Sklaverei wahr-
haft nicht liebt, und nicht Teilnehmer an derselben sein
will, das Erste, was er thun wird, das sein, daß er
keinen Gebrauch von der fremden Arbeit machen wird,
weder vermittelst des Grundbesitzes, noch vermittelst von
Geld. Der Verzicht auf alle gebräuchlichen Mittel zur
Ausnützung fremder Arbeit wird einen solchen Menschen
unvermeidlich zu der Notwendigkeit führen, einerseits
seine Bedürfnisse einzuschränken, andererseits für sich nur
das zu thun, was früher für ihn andere thaten.

Ein solcher einfacher Ausgang beseitigt mit einem
Male alle die drei Ursachen der Unmöglichkeit, den Armen
zu helfen, auf welche ich stieß, als ich der Ursache meines
Mißerfolges nachforschte.

Die erste Ursache war die Anhäufung der Menschen
in den Städten und das Verschlingen der Reichtümer
des Dorfes durch dieselben. Der Mensch braucht bloß
kein Verlangen nach Ausnützung fremder Arbeit durch

Grundbesitz oder Geld zu haben und daher nach Kräften
selbst seine Bedürfnisse zu befriedigen, auf daß es ihm
nie in den Sinn komme, aus dem Dorfe, in dem man
leichter als irgendwo seine Bedürfnisse befriedigen kann,
in die Stadt zu fahren, wo alles Erzeugnis fremder Ar=
beit ist, wo man alles kaufen muß. Und dann wird im
Dorfe der Mensch imstande sein, den Notleidenden zu
helfen, und wird nicht das Gefühl der Hilflosigkeit em=
pfinden, das ich empfand, als ich den Leuten nicht durch
meine, sondern durch fremde Arbeit helfen wollte.

Die zweite Ursache war die Trennung der Reichen
von den Armen. Der Mensch braucht bloß nicht zu
wünschen, Grund und Boden und Geld zu besitzen, und
er wird in die Notwendigkeit versetzt sein, selbst seine
Bedürfnisse zu befriedigen, und sofort wird unwillkürlich
die Wand zusammenstürzen, welche ihn von dem ar=
beitenden Volk trennte, und er wird die Möglichkeit er=
langen, ihm zu helfen.

Die dritte Ursache war die Scham, welche auf der
Erkenntnis der Unmoralität meines Besitzes jenes Gel=
des beruhte, mit welchem ich den Leuten helfen wollte.
Der Mensch braucht bloß kein Verlangen nach Aus=
nützung fremder Arbeit zu haben, und es wird bei ihm
nie dieses überflüssige fremde Geld vorhanden sein, dessen
Vorhandensein bei mir in den Leuten Wünsche, welche
ich nicht befriedigen konnte, und in mir das Gefühl der
Erkenntnis meines Unrechts erweckte.

Ich zog daraus folgenden einfachen Schluß: daß
ich verpflichtet sei, so wenig als möglich von der Arbeit
anderer Gebrauch zu machen und so viel als möglich
selbst zu arbeiten.

Auf einem langen Wege gelangte ich zu diesem unvermeidlichen Schluß, der vor einem Jahrtausend von den Chinesen in dem Ausspruch gethan wurde: wenn ein müßiger Mensch da ist, stirbt der andere Hungers.

Ich kam zu diesem einfachen und natürlichen Schluß, daß, wenn ich das abgeplagte Roß bedauere, auf dem ich reite, das Erste, was ich zu thun verpflichtet bin, wenn ich es wirklich bedauere, das ist, von ihm abzusteigen und auf meinen eigenen Füßen zu gehen.

Diese Antwort, welche dem moralischen Gefühl so vollständige Befriedigung gewährt, sprang mir in die Augen und springt uns allen in die Augen, und wir alle sehen sie nicht und blicken seitwärts.

Auf unserer Suche nach Heilung von unseren gesellschaftlichen Krankheiten forschen wir auf allen Seiten: im Regierungs= und Antiregierungs=, im wissenschaftlichen und philanthropischen Aberglauben, und sehen das nicht, was jedem in die Augen springt.

Für denjenigen, der nur aufrichtig die Leiden der ihn umgebenden Menschen mit empfindet, ist das klarste, einfachste und leichteste Mittel zur Heilung der ihn umgebenden Übel und zur Erkenntnis der Gesetzlichkeit seines Lebens dasselbe, welches Johannes der Täufer auf die Frage angab: „was zu thun sei", und welches Christus bestätigte: nicht mehr als ein Kleid zu haben und kein Geld zu besitzen, d. i. nicht die Arbeit anderer Leute auszunützen — und damit man nicht die Arbeit anderer ausnütze, alles was man machen kann mit seinen Händen zu machen.

Dies ist so einfach und klar — doch es ist einfach und klar, wenn auch die Bedürfnisse einfach sind und

wenn man selbst noch frisch und durch Faulheit und Müßig=
gang nicht verdorben ist. Ich lebe im Dorfe, liege auf
dem Ofen und heiße meinen Schuldner, den Nachbar,
Holz zu hacken und den Ofen zu heizen. Es ist sehr
klar, daß ich faullenze und den Nachbar von der Arbeit
abhalte, und ich beginne mich zu schämen, auch ist es
langweilig, beständig zu liegen, wenn meine Muskeln
kräftig sind und ich an Arbeit gewohnt bin — ich werde
gehen, werde selbst das Holz hacken.

Doch das Ärgernis der Sklaverei aller Formen besteht so lange, es sind so viele künstliche Bedürfnisse aus
demselben hervorgewachsen, so viele Menschen auf ver=
schiedenen Stufen der Angewöhnung an diese Bedürfnisse
sind einer mit dem andern verflochten, so durch Ge=
schlechter verdorbene, verweichlichte Menschen, so viele
Verführungen und Rechtfertigungen sind von den Men=
schen in ihrer Schwelgerei und ihrem Müßiggang er-
sonnen worden, daß ein Mensch, der sich auf der obersten
Sprosse der Leiter der müßigen Menschen befindet, bei
weitem nicht so leicht seine Sünde einsehen kann wie der
Bauer, der den Nachbar veranlaßt, seinen Ofen zu heizen.

Menschen, die sich auf der obersten Stufe dieser
Leiter befinden, fällt es entsetzlich schwer, zu begreifen,
was man von ihnen verlangt.

Doch außer der Entfernung der Menschen von der
Wahrheit giebt es noch eine andere Ursache, welche die
Menschen hindert, ihre Verpflichtung zur einfachsten und
für sie selbst natürlichsten eigenen physischen Arbeit zu
sehen: das ist die Zusammengesetztheit, die Verflechtung
der Übereinkommen, der Interessen aller unter einander
verbundenen Menschen, in welcher der reiche Mensch lebt.

„Mein üppiges Leben ernährt die Leute. Wohin
soll mein alter Kammerdiener gehen, wenn ich ihn ent-
lasse? Wie? Alle sollen selbst das ihnen Nötige verrichten, auch Kleider nähen, auch Holz hacken? ... Und
die Arbeitsteilung?"

Und die Industrie und die gemeinschaftlichen Unter-
nehmungen, und schließlich die allerschrecklichsten Worte:
Zivilisation, Wissenschaft, Kunst?